人情めし江戸屋
地獄の火消し

倉阪鬼一郎

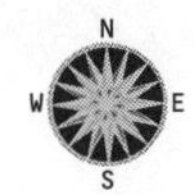

コスミック・時代文庫

この作品はコスミック文庫のために書下ろされました。

目次

第一章　半纏の「獄」

一

半鐘が鳴りだした。

火事だ。

「近えぞ」

先棒の松太郎が声をあげた。

松川町の駕籠屋、江戸屋の跡取り息子だ。

「急がねえと」

後棒の泰平が切迫した調子で言う。

京橋から浅草の奥山まで客を運んだ帰りだ。急にきな臭くなったと思ったら、やにわに半鐘が鳴りだした。

今日は風が強い。火の手が上がり、飛び火でもしようものなら、たちまち大火になってもおかしくない。江戸はそうやっていくたびも大火に見舞われ、多くの者が命を失ってきた。

「火事だぞ」

「早く逃げろっ」

怒号が飛び交う。

「危ねえっ」

松太郎が声を張りあげた。

荷車が一台、ものすごい勢いで目の前を横切っていった。危うくぶつかるところだ。

「まずいぞ」

泰平が舌打ちをした。

半鐘はいよいよ激しい。

逃げろ、逃げろ。早く逃げろと伝える。

ごおっ、という音が響いた。

火の筋が急流のごとくに迫っていた。

「急げ」

松太郎が足を速めた。

「へい」

泰平も続く。

「火消し、気張ってくれ」

「何とかしろ」

声が飛んだ。

「おうっ」

野太い声が響いた。

江戸屋の跡取り息子がそちらのほうを見た。

火消しの半纏（はんてん）が見えた。

見たことがない赤い半纏だ。

その背に字が染め抜かれていた。

「ん？」

松太郎の表情が変わった。

そこには、江戸の火消しの組には使われていない字が記されていた。

二

「『獄』だって？」

　江戸屋のあるじの甚太郎がいぶかしげな顔つきになった。

　松川町の通りに江戸屋は二軒ある。片方は甚太郎があるじの駕籠屋で、もう片方は弟の仁次郎が女房のおはなとともに切り盛りする飯屋だ。同じ江戸屋だが、駕籠屋、飯屋でここいらでは通る。

「へい、ちゃんとこの目で見ました」

　泰平がおのれの目を指さした。

「見間違いじゃねえ。火消しの半纏の背に大きく『獄』と染め抜かれてたんで」

　跡取り息子が父に告げた。

「でも、獄組なんてないわよ」

　おかみのおふさがいぶかしげな顔つきになった。

「妙な話だな」

　甚太郎は腕組みをした。

「で、『なんでえ、獄って』って、ついでけえ声を出しちまって」

松太郎が舌打ちをした。

「そしたら？」

妹のおすみが先をうながした。

亭主の為吉（ためきち）とともに出前駕籠を担いでいる。飯屋の出前を二人がかりで運ぶ名物駕籠だ。いまひと仕事終えて帰ってきたところだ。

「火消しの顔が見えたんだ。『なんだ。こいつ』って顔でにらみやがった」

松太郎は答えた。

「うちの駕籠は目立つからな」

いくらかあいまいな表情で、甚太郎は言った。

駕籠屋のあるじはなかなかの知恵者（ちえしゃ）だ。弟の仁次郎に駕籠かきが食えば力が出るような飯屋を開かせたり、鉢巻きや駕籠に巻く布などをすべて山吹色（やまぶきいろ）にして遠くからでも江戸屋の駕籠だと分かるようにしたりした。

駕籠屋の奥の座敷に大きな切絵図を広げ、山吹色の双六（すごろく）の駒を置いて、駕籠がいまどのあたりにいるかおおよその見当がつくようにしている。これも甚太郎の知恵だ。こうしておけば、手配の注文があったときにすぐ動くことができる。

「悪い火消しに顔を見られちゃったの」

おすみの表情が翳った。

「悪いかどうかは分からねえが」

松太郎が首をひねった。

「でも、毒々しい字で『獄』って染め抜かれてたから」

泰平が少しおびえたように言った。

「何事もなきゃいいけど」

おふさが案じ顔で言ったとき、話し声が響いてきた。

「あっ、月崎の旦那と親分さんたちね」

おすみの顔が急に晴れた。

三

「地獄の火消しは、ほかにも見たやつがいるんだ」

月崎陽之進が告げた。

南町奉行所の隠密廻り同心で、すぐそこの道場、自彊館でよく汗を流している。

柳生新陰流は免許皆伝の腕前だが、そういった既存の流派には収まらぬほどの達人で、その名から採った陽月流の遣い手とも言われていた。

「ほかならぬおいらが見たんで」

下っ引きの猫又の小六がおのれの目を指さした。

小柄だからとてもそうは見えないが、もと相撲取りだ。得意技は猫だまし、相手の顔の前で両手をばちんと打ち合わせてひるませるという卑怯な技だけが取り柄で、出世など望むべくもなく取的のまま終わった。

「おめえの目ならたしかだろうよ」

十手持ちの閂の大五郎が言った。

こちらの現役の頃の四股名は大門。六尺豊かな偉丈夫で横幅も充分にある。恵まれた体格を活かしたさばおりや閂や強烈な張り手で恐れられていた。

「で、あいつらの正体は何です？」

松太郎がたずねた。

「とても尋常な火消しには見えませんでしたが」

泰平が怖そうに言う。

「おいら、地獄から火消しが来たのかと思いましたぜ」

小六が首をすくめた。

「地獄の火消しか」

月崎同心は顔をしかめると、残りの茶を呑み干した。

「それだったら、火消しじゃなくて火付けかも」

おすみがふと思いつきを口にした。

「地獄の火付け、か。そのほうが役に合ってるかも」

為吉がうなずく。

「鋭いところを突いてるかもしれねえぜ、おすみ」

月崎同心は渋く笑った。

「さようですか」

おすみが笑みを返す。

「半纏の背に『獄』と染め抜かれた火消しみてえな連中……ああ、そう言うとややこしいな」

猫又の小六は苦笑いを浮かべた。

「『獄組』でいいじゃねえか」

門の大五郎が言う。

「ああ、そうっすね。で、その獄組が火事場に現れてから、火の勢いがさらに増したように見えたんで」

　小六が言った。

「火を消すふりをして、おのれが火付けをやっていたら平仄が合うな」

　南町奉行所が誇る剣豪同心が腕組みをした。

「なるほど、合いますな」

　駕籠屋のあるじが両手を軽く打ち合わせた。

「いずれにせよ、平次と相談して、早急に網を張らねばな」

　月崎同心はそう言って腰を上げた。

　火付盗賊改方の鬼与力、長谷川平次のことだ。

　剣豪同心と鬼与力は肝胆相照らす仲で、これまでにあまたの悪党を退治してきた。

「どうかよしなに」

　甚太郎が小気味よく頭を下げた。

「おう」

　月崎同心は、引き締まった顔つきで右手を挙げた。

四

「ていっ！」

「せいっ」

気の入った掛け声が響いている。

道場の自彊館だ。

駕籠屋の向かいに道場があるから、おのずと通りに活気が出る。

「てやっ」

月崎同心が踏みこんで打った。

「とおっ」

長谷川与力がしっかりと受ける。

剣豪同心と鬼与力の火の出るような稽古が続いた。

奥に積まれた畳の上では、道場主の芳野東斎がじっと腕組みをして見守っていた。かなりの老齢だが、背筋がしっかりと伸びており、眼光も鋭い。

師範代の二ツ木伝三郎も稽古をやめ、門人たちとともに二人の稽古を見守る。

見て学ぶほうがよほど益になる。

「鋭(えい)っ！」

月崎同心が踏みこんだ。

町方では右に出る者のない遣い手だ。

ぱしーん、とひき肌竹刀(はだしない)がいい音を立てた。

稽古のときに怪我をせぬよう、柳生新陰流では牛や馬の皮をかぶせたひき肌竹刀を用いる。

「ぬんっ」

長谷川与力が正しく受けて押し返した。

鬼平と恐れられたかの長谷川平蔵(へいぞう)の遠縁で、脚気(かっけ)で伏せりがちの長官に代わって火盗改方(かとうあらためかた)を率いている。剣豪同心より歳はいくらか下だが頼りになる男だ。

剣流は陰流。

柳生新陰流の源流だから、同門といえる。二人の息の合った稽古はなおしばし続いた。

陽月流と称される剣豪同心の剣は、言わば太陽と月を兼ね備えたような無敵の剣だ。隙がなく、攻めても受けても強い。容易に息も上がらない。

一方の鬼与力は、粘り強い剣だ。剣豪同心のほうが華があるが、決して遅れず、相手の動きに合わせて隙を見せない。そして、一瞬の隙を見逃さず反撃に転じる。

捕り物ではその力を遺憾（いかん）なく発揮する、端倪（たんげい）すべからざる剣だ。

「とりゃっ」

「せいっ」

汗が飛び散る。

いつものように、剣豪同心と鬼与力の白熱した稽古が続いた。

間合いができた。

「それまで」

道場主がさっと右手を挙げた。

固唾（かたず）を呑んで見守っていた師範代が、ふっと息をつく。

剣豪同心と鬼与力は、ゆっくりとひき肌竹刀を納めた。

そして、気持ちのいい礼をした。

五

道場で汗を流した剣豪同心と鬼与力は、飯屋のほうの江戸屋で飯を食い、一献（いっこん）傾けた。

そろそろ花だよりが聞かれる時分だ。いわゆる桜鯛（さくらだい）がうまい。

今日の膳の顔は鯛飯だった。これに具だくさんのけんちん汁と青菜のお浸しなどの小鉢がつく。

駕籠かきに精のつくものを供するためにできた飯屋だから、盛りに申し分はない。よその見世（みせ）なら三十文は取るところを二十文だからずいぶん安い。おかげで、江戸屋の駕籠かきばかりでなく、近くの河岸で働く者たちなどものれんをくぐってくる。見世はいつも繁盛（はんじょう）していた。

「刺身もできるか」

月崎同心が問うた。

「はい、おつくりしますよ」

厨（くりや）からあるじの仁次郎が答えた。

料理屋で修業してから飯屋を開いた男ゆえ、腕はたしかだ。ただし、汗をかくつとめの男たちが常連だから、塩気を効かせて濃いめの味つけにしてある。これならさらに飯も進む。

「けんちん汁のお代わりもできますので」

おかみのおはなが愛想よく言った。

「まあ、追い追いだな」

月崎同心が答えた。

まずは膳で腹ごしらえだ。奥のほうでは、江戸屋の駕籠かきが二人、勢いよく鯛飯をかきこんでいる。

「つとめが続いて、うどんでも食おうかと思ったけど、待っててよかったな」

「うちの飯は江戸一だからよ」

山吹色の鉢巻きを締めたままの駕籠かきたちが上機嫌で言った。

「お待たせいたしました」

「刺身付きのお膳と御酒でございます」

おはなと厨の修業中の吉平が膳を運んできた。

吉平は地獄の火消しを初めに見た泰平の弟だ。足が悪く駕籠かきはつとまらないため、料理人を志して仁次郎の下で修業に精を出している。

「おお、来た来た」

月崎同心が受け取る。

「では、食しながら」

長谷川与力も続いた。

江戸屋自慢の膳を食し、筋のいい酒を呑みながら相談事を行う。これが剣豪同心と鬼与力の習いだ。

「火事場に現れた獄組の火消しの姿は、いくたりもの者が目にしている。だれかが見間違えたわけではなさそうだ」

月崎同心はそう言うと、よそよりいくらか塩気の効いた鯛飯をわしっとほおばった。

「その獄組が現れてから、火の勢いが増したという噂(うわさ)で」

長谷川与力はまず汁を少し啜(すす)った。

里芋(さといも)、人参、大根、豆腐、蒟蒻(こんにゃく)、葱(ねぎ)……。

これでもかと具が入ったけんちん汁だ。

「火消しならぬ火付けだったことは、まず疑いあるまいな」

剣豪同心が言った。

「火消しのふりをして火付けをやらかす。豪胆といえば豪胆なやり方で」

鬼与力が少し眉根を寄せた。

「火事は江戸の華と言われるが、その火事をおのれらの力で起こして消し役までやったら、神仏になったような心地になるのかもしれぬな」

月崎同心はそう言うと、今度は刺身に箸(はし)を伸ばした。

脂(あぶら)の乗った桜鯛だ。

「ならば、味をしめてまた動くかもしれません」

長谷川与力の顔つきが引き締まった。

「町火消しに触れを出して、警戒を強めねばな。お奉行も根回しに動いているようだが」

剣豪同心が言う。

「ほかに何か探ることは？」

鬼与力がいくらか身を乗り出した。

「偽(にせ)の火消しは『獄』と染め抜いた半纏をまとっていた。染物屋なども地道に探らせている」

月崎同心はそう答えると、ずっしりと重いけんちん汁を手に取った。

「ああ、なるほど。染物屋を使っていたら、そこからほころびが出るかもしれません」

長谷川与力も続く。

「町火消しも話を聞いたら黙っちゃいねえだろう。獄組退治に力を貸してくれるはずだ」

と、同心。

「火消しの名をかたる火付け。本物の火消し衆がいちばん怒り心頭に発するやつらでしょうから」

鬼与力がそう答えたとき、わらべが二人、つれだって飯屋に入ってきた。

「お帰り」

おはなが声をかけた。

「ただいま」

「おなかすいた」

帰ってきたのは、飯屋のきょうだいだった。

六

兄が義助(ぎすけ)で、妹がおはる。十歳と九歳だから、まだわらべのうちだ。

「おう、寺子屋帰りかい」

「気張ってるな」

膳を食い終えて茶を呑んでいた駕籠かきたちが声をかけた。

「うん」

「気張ってるよ」

義助とおはるが答えた。

「猫まで帰ってきたぞ」

月崎同心が笑って指さした。

「おいで、さば」

おはるが手を伸ばす。

飯屋で飼われていたみやという猫が、何匹か子猫を産んだ。里子に出した猫もいるが、飯屋と駕籠屋にも一匹ずつ残した。

飯屋の猫は鯖虎柄だったから、いささか食い物とまぎらわしいがさばにした。駕籠屋の猫ははあんだ。

はあん、ほう……

はあん、ほう……

駕籠の掛け声にちなむ名だ。弟猫ができたら名はほうに決まっている。

おはるはさばを無理やり抱っこして奥のおのれの部屋へ運んでいった。べつに長屋を借りて通う見世もあるが、江戸屋は同じところだ。広くはないが二階もある。

「修業するか？」

仁次郎が跡取り息子に水を向けた。

「ちょっと一服してから」

義助が大人びた口調で答えたから、飯屋に和気が漂った。

「で、獄組の話の続きだが」

月崎同心は猪口の酒を呑み干してから続けた。

「次に獄組が現れたとき、正規の火消し衆がすぐ立ち向かってくれれば捕縛につながるやもしれぬ。そのために、かわら版をつくらせようと思う」

手下の小六はかわら版屋に通じているから、命じればさほど間を置かずに刷り物ができる。

「なるほど、かわら版であおって、火消し衆の怒りをかきたてるわけですね」

長谷川与力が呑みこんで言った。

「そのとおりだ。勇み肌の火消し衆は黙っちゃいめえ」

剣豪同心は答えた。

「えらい剣幕で退治に乗り出すでしょう」

鬼与力が言う。

「火消しの名を騙る火付けなど、とっちめて二度と悪さができねえようにしてやると凄むだろう。手下としては申し分ねえ」

月崎同心は左の手のひらに右の拳を打ちつけた。

「こちらも備えをしておきます」

長谷川与力が箸を置いた。

「おう、頼むぞ」

剣豪同心の声に力がこもった。

第二章　渋谷の助っ人

一

「さあさ、買ったり。新たなかわら版だよ」

猫又の小六の声が響いた。

繁華な日本橋(にほんばし)の高札場(こうさつば)の近くだ。

「火事場に現れしは、半纏(はんてん)に『獄』と染め抜いた、地獄の火消しだ。ありえねえ獄組は果たしてどこから来たのか。仔細(しさい)はここに書いてあるよ。さあさ、買ったり買ったり」

小六は刷り物をかざした。

「早い者勝ちだよ。買ったり買ったり」

仲間のかわら版屋も声を張りあげる。

下っ引きだけでは大した実入りにならないから、本業はかわら版屋みたいなものだ。

「地獄の火消しだって？」

さっそく人が寄ってきた。

「そうよ。町火消しにねえ地獄の『獄』組が江戸の町に現れたんだ」

小六が答える。

「おう、そりゃ一枚くれ」

「おいらも」

手が次々に伸びた。

こんな文面だった。


さてもさても面妖なり。

一昨日、浅草より出でし火は、幸ひにも大火とならず、やがて鎮まれり。

面妖なのは、火事場に現れし火消しなり。

その半纏の背には、怖らしい字にて「獄」と染め抜かれてゐをり。

こはいかに、「獄」組などといふ火消しの組は江戸にあらざるなり。

大川の西はいろは四十七組。語呂の悪しき「へ」「ら」「ひ」「ん」はそれぞれ「百」「千」「万」「本」に置き換へられてをりしが、むろん「獄」組などはあらず。一人なら、見間違ひといふこともあらん。さりながら、地獄の火消しを見し者はいくたりもゐをり。

その一人、松川町が駕籠屋、江戸屋の跡取り息子松太郎は言ふ。

「おいら、はっきり見たんで。見間違ひぢゃやねえ」

その相棒の泰平も言ふ。

「背にはっきり染め抜かれてましたぜ。地獄の『獄』と」

さてもさても面妖なり。

ことによると、本当に地獄から現れし火消しならん。

恐ろしきかな、恐ろしきかな。


小六が噛んでいることもあって、江戸屋の名前も出ていた。

「へえ、『獄』組かよ」

「遠くから来たんじゃ目立つな」

「半纏を裏返しにするんじゃねえか？」

「なるほど。火事場に来たら『獄』組に早変わりか」

かわら版に目を通した者たちは口々に言った。

「さあさ、買ったり買ったり。地獄の火消しのお出ましでいっ」

小六がひときわ声を張りあげた。

二

「うちの引札にもなりますな」

小六が持ってきたかわら版に目を通した甚太郎が言った。

「そのへんの抜かりはねえんで」

小六が自慢げに言った。

「でも、その恐ろしい火消しに目をつけられたら……」

おかみのおふさがあいまいな顔つきで言った。

「おいらも月崎の旦那(だんな)もついてるからよ」

閂(かんぬき)の大五郎が分厚い胸板をたたいた。

「火盗改方の長谷川様も」

甚太郎が言う。

「おいらなんて名まで出てるから」

ちょうど戻ってきた松太郎が言った。

「ちょっとおっかねえけど」

相棒の泰平が首をすくめる。

「もし獄組が因縁でもつけてきたら、ちょうど尻尾がつかめるかもしれねえ」

大五郎親分が言った。

「動いてくれたらかえって好都合で」

小六がにやりと笑った。

ほどなく、為吉とおすみの出前駕籠も戻ってきた。

今日の膳は、蛤飯に筍の木の芽焼き、それに桜鯛の焼き物に浅蜊汁がつく。花だよりがほうぼうで聞かれるようになってきた時分にふさわしい膳だ。得意先の南町奉行所に届けたところ、大好評だった。

「あとで月崎さまが見えるそうです」

おすみが伝えた。

「なら、渡す手間が省けるな」

小六が言った。

「先に江戸屋へ届けたのかよ」

大五郎親分が言った。

「そりゃ江戸屋のことが書いてあるから」

小六が答えた。

ほどなく、また出前の注文が入った。為吉とおすみは飯屋のほうへ移った。

「なら、おいらたちも見廻りがあるんで」

大五郎親分が右手を挙げた。

「行き違いにならねえように、町方の分のかわら版を置いていきまさ」

小六が刷り物を三枚置いた。

「ああ、ちゃんと渡しとくよ」

駕籠屋のあるじが請け合った。

三

「小六のやつ、仕事が早え(はえ)な」

かわら版に目を通した月崎同心が言った。

「うちの名が出てますけど、大丈夫でしょうかねえ」

おふさがそう言って茶を出した。

「もし何か因縁をつけてきたら、尻尾を出したことになるからな」

剣豪同心が湯呑みを受け取る。

「その尻尾をつかんでやりましょう」

甚太郎が軽く身ぶりをまじえた。

「何にせよ、火消しのふりをした火付けだったらとっちめてやらねえと」

次の仕事待ちの松太郎が言う。

「江戸じゅうに燃え広がる大火になったりしたら大変だから」

泰平が顔をしかめた。

「そのあたりは、お奉行も動いてくれている。火消し役にもつないで、町火消しに触れを出すようだ。そのうち、獄組の正体も分かるだろうぜ」

月崎同心はそう言って、湯呑みの茶を啜った。

「火消し衆も黙っちゃいねえでしょう。もともと血の気が多い連中だから」

駕籠屋のあるじが言った。

「そうだな。火消し衆が競って獄組の正体を探ってくれたら、存外に早く一件落着になるかもしれねえ」

月崎同心が望みをこめて言った。

「そうなってくれたらいいんですけど」

おふさがうなずく。

そのとき、さっそく動きがあった。

半纏をまとった火消し衆が三人、江戸屋へ入ってきたのだ。

「かわら版に載ってた江戸屋はここかい？」

精悍（せいかん）な面構（つらがま）えの男が訊（き）いた。

「さようですが、そちらさんは？」

甚太郎が問い返した。

三人の男は互いに目くばせをすると、さっと同時に後ろを向いた。

半纏の背には「こ」と染め抜かれていた。

「火消しさんで？」

おふさが問う。

「おう。こ組の火消しだ。かわら版を見て、いてもたってもいられなくなってよ」

「あわてて駆けつけてきたんだ」

「地獄の火消しなんて、なめたやつらはおれらが退治してやるぜ」

　こ組の火消し衆が力んだ。

「こ組というと、縄張りは……」

　月崎同心があごに手をやった。

　かしらとおぼしい男がすぐさま勇んで答えた。

「渋谷でさ」

四

　当時の渋谷は草深い田舎だった。

　朱引きの内側だから町火消しは置かれていたが、日本橋や京橋のような家が櫛比する繁華な町とは比ぶべくもなかった。

　相模の大山参りの者たちが通る道沿いには、かろうじて開けているところがあった。いちばん家が多かったのは渋谷宮益町だ。ここには茶見世などもあり、それなりに繁華だった。

そのほかに、渋谷道玄坂町もあるにはあった。ただし、いまのにぎわいとは雲泥の差で、どうにか町の体裁を成している程度だった。

その渋谷からやってきた三人の火消しは、月崎同心の案内で飯屋ののれんをくぐった。

「駕籠かきのための飯を出していたんだが、盛りが良くてうめえもんだから、ほうぼうから客が来て繁盛してる。町方もちょくちょく出前を頼んでるくらいだ」

月崎同心が言った。

「そりゃ食っていかねえと」

こ組のかしらが言った。

「急いで来たから腹が減っちまった」

「渋谷からは遠いからよ」

纏持ちと若い火消しが言った。

「かわら版はだれかが届けたのかい。いやに動きが速えじゃねえか」

剣豪同心が訊いた。

「うちにゃ韋駄天がおりますんで、へへ」

かしらが笑って答えた。

かしらは巳三郎、纏持ちは勇蔵、もう一人は若い者頭の梅吉、これがこ組の三羽烏らしい。

「渋谷まで駕籠を出したら、だいぶ実入りになるな」

奥で飯を食っていた駕籠かきが言った。

「そりゃ行きはいいけど、帰りの空駕籠が難儀だぜ」

相棒が言う。

「渋谷で探すわけにゃいかねえか」

「人があんまり歩いてねえだろう」

月崎同心が口をはさんだ。

「江戸へわざわざ駕籠に乗っていくようなやつはいねえや」

「銭がもったいねえから走って行くぜ」

「走らなくてもいいけど、駕籠には乗らねえな」

こ組の火消し衆が口々に言った。

「せいぜい角筈村（いまの新宿）くらいでしょうな」

厨で手を動かしながら、仁次郎が言った。

蛤飯は売り切れたが、小鯛の焼き物はまだできた。さらに、鯛のあら煮を多めにつくった。ほかほかの飯にも酒にも合うひと品だ。

「火事のほうはどうだい。家が少ねえから、あまり大火にはなるまいが」

月崎同心がたずねた。

「いや、山火事もありますんで」

かしらの巳三郎がいくらか顔をしかめた。

「家並みが立てこんでたら、たたき壊して飛び火を防いだりしていいところを見せられるんですがね」

勇蔵が纏を振るしぐさをした。

「山や畑の火事だと見てるだけですから」

若い者頭の梅吉があいまいな表情で言った。

「町中の火消しからも馬鹿にされるしよ」

「そうそう、渋谷の田舎者だって」

かしらと纏持ちが言った。

「ここは男を挙げるいい機会だぜ。地獄の火消しとやらをとっちめてくんな。どうやら火消しのふりをした火付けのようだからな」

月崎同心の声に力がこもった。

「へえ、そうなんですかい」

こ組のかしらは纏持ちを見た。

「なら、同じ火消しとして黙っちゃいられねえや」

纏持ちの表情が引き締まった。

「気張ってくんな」

「江戸の町に火を付けられたら大変だから」

「おう、こ組に任せな」

駕籠かきたちが言う。

かしらが力強く胸をたたいた。

五

江戸の町に半鐘(はんしょう)が鳴り響いたのは、翌日の夕方だった。

火の手が上がったのは麴町(こうじまち)の一角だった。

「近(ちけ)えぞ」

「早く逃げろ」

たちまち蜂の巣をつついたような騒ぎとなった。

火盗改方の長谷川平次与力は、町火消しとともに見廻りに出ていた。渋谷から出張(でば)ってきたたこ組ではない。正規の縄張りの町火消しだ。

「大変(てえへん)だ」

「早く消せ」

町火消しが色めき立つ。

「怪しい者がいないか、しっかり見張れ」

鬼与力が手下に命じた。

「へい」

「承知で」

火盗改方の精鋭が答える。

ちょうど風が強くなってきた。まるでそれを待っていたかのように上がった火の手だ。

見廻りの町火消しは、念のために鳶口(とびぐち)などを持参していた。どうやらそれが役立ちそうだ。

「突っこめ」

「早く消せ」

怒号が飛び交う。

半鐘はますます激しい。逃げ惑う者たちが右往左往する。

火盗改方も臆せず火の手に向かった。


火事だ、火事だ。

おれらの出番だ。


野太い声が響いた。

鬼与力は目を凝らした。

燃え盛る火の手に抗うかのように、半纏姿の火消し衆が勇んで立ち働いていた。

その半纏の背に染め抜かれた文字が見えた。

鬼与力は瞬きをした。

獄

そう読み取ることができた。

またしても、地獄の火消しが現れたのだ。

第三章　や組の不幸

一

「追えっ」

鬼与力が叫んだ。

「獄組は火消しではない。火付けだ。捕らえよ」

長谷川平次の声が火事場にとどろいた。

「へいっ」

「合点で」

火盗改方の精鋭が勇んだ声を発した。

邪魔すんな。

おれらには黒闇魔がついてるぜ。

地獄の火消しのお出ましでいっ！


黒闇魔だと？

鬼与力は前へ一歩踏み出した。

半鐘はますます激しい。

火の勢いも一段と増した。

「飛び火したぞ」

「下がれっ」

切迫した声が響いた。

火事場で動いているのは、獄組の火消しだけではなかった。

本来の縄張りである火消し衆も、懸命に火を消そうとしていた。

麴町の界隈を縄張りとする「や組」の火消し衆だ。

だが……。

火の回りは早かった。

「崩れるぞ」

「逃げろっ！」

声が高くなった。

「うわっ」

屋根がやにわに崩れた。

火消しの半纏（はんてん）に火が燃え移った。

火事場に恐ろしい悲鳴が響きわたった。

二

「遠慮は無用。打ってこい」

剣豪同心の声が響いた。

翌日の自彊館（じきょうかん）だ。

「はっ」

師範代の二ツ木伝三郎が気合の入った声を発した。

「平次もだ」

月崎同心は振り向いて言った。

「心得た」

鬼与力がひき肌竹刀を振りかぶった。

今日の稽古は二人がかりだ。

手だれの剣士二人を相手にするのは至難の業だ。同時に剣を振るわれては、とても受けきれない。

それでも剣豪同心がこの稽古を選んだのにはわけがあった。

昨夜、麹町で火事があり、いくたりもの死者が出た。そのなかには火消しも含まれていた。

その火事場に、またしても地獄の火消しが出た。

いや、火消しではない。十中八九は、火付けだ。

地獄の火消しと称する者たちが姿を現してから、にわかに火の手が上がり、火勢がどんどん増していった。獄組の仕業だと考えれば平仄が合う。

このたびの敵が獄組だとすれば、厳しい捕り物になるだろう。

剣豪同心はそう考え、あえて二人がかりの稽古を選んだのだった。

「てやっ」

師範代が正面から打ちこんできた。

「ぬんっ」

剣豪同心が受ける。

通常ならこれだけでいい。押し返し、間合いを図って打ちこむだけでいい。

だが……。

このたびは違った。相手は二人いる。

後ろに気を感じた陽月流の遣(つか)い手は、師範代のひき肌竹刀を押し返すと、やにわに体(たい)をひねった。

「うっ」

鬼与力のひき肌竹刀が空を切る。

道場主の芳野東斎も、門人たちも、みな固唾(かたず)を呑んで稽古を見守っていた。

「とおっ」

長谷川与力が体勢を整え直して打ちこんできた。

がしっ、と剣豪同心が受ける。

今度は二ツ木伝三郎が背後から攻めてきた。

ひき肌竹刀は一本しかない。

後ろの敵の攻撃には対応できない。

月崎同心はいまにも無防備な後頭部を打たれてしまいそうだった。

しかし……。

剣豪同心はここで思わぬ動きに出た。

一瞬、その姿が消えたように見えた。

「おおっ」

門人が声をあげる。

「うわっ」

鬼与力が声を発した。

剣豪同心がおのれの背を道場の床につけたかと思うと、両足の裏に力をこめて思い切り後ろへ投げ飛ばしたのだ。

柔ら術の巴投げだ。

「わっ」

師範代がうろたえた。

無理もない。

投げ飛ばされた長谷川与力の体がまともにぶつかってきたのだ。

剣豪同心は素早く立ち上がり、ひき肌竹刀を振りかぶった。

ものの見事な逆転技だ。

「それまで」

道場主が右手を挙げた。

「まいりました」

「同じく」

鬼与力と師範代の声がそろった。

三

「今日はやられました」

長谷川平次が酒をついだ。

「なに、とっさの技だ」

月崎陽之進が受ける。

飯屋の昼下がりだ。

ほかには江戸屋の駕籠(かご)かき、河岸で働く者たちなどでにぎわっている。

「お待たせいたしました」

おかみのおはなが膳を運んできた。

「深川丼の膳でございます」

修業中の吉平も続く。

「おお、これはうまそうだ」

月崎同心が受け取る。

「けんちん汁も相変わらずの具だくさんだな」

長谷川与力も続いた。

江戸屋には伝手があって、玉子がわりかた安く手に入る。だしで煮た浅蜊を玉子で閉じた深川丼は名物料理の一つだ。

厳しい稽古のあとは腹が減る。まず腹ごしらえをし、またひとしきり酒を酌み交わしてから、二人は相談事に入った。

「二度あることは三度あると言う。次こそは、地獄の火消しを一網打尽にせねばな」

剣豪同心の言葉に力がこもった。

「本当に地獄から来たはずがありませんから」

鬼与力が押し殺した声で言う。

「出来の悪い講談じゃあるまいし、地獄から火消しが来るはずがねえ。だれかが身をやつしているだけだ」

月崎同心が苦々しげに言ったとき、十手持ちとその子分があわただしく入ってきた。

「やっぱりここでしたな」

大五郎親分が言った。

「さっそく刷り物ができましたぜ」

小六がひらひらと紙を振った。

「かわら版か？」

月崎同心が問う。

「へい。昨日の火事の話で」

小六が答えた。

「やることが早えや」

「さすがだぜ」

奥で腹ごしらえをしていた駕籠かきたちが言う。

「見せてくれ」

長谷川与力が手を伸ばした。

「へい」

小六はすぐさま刷り物を渡した。

こんな文面だった。

またしても出現、地獄の火消し

昨日の七つ下がり、麹町より出火せり。火元は不明、まるでだれかが火を放つたかのやうに、火はあつと言ふ間に広がれり。

この火事場に、怪しき火消しが出現せり。

半纏の背に「獄」。

地獄の「獄」と染め抜かれた怪しき火消しが、先だつての浅草に続いて姿を現せり。

かわら版は飯屋の客も一枚買い、みなで回し読みになった。

「火消しじゃなくて、火付けじゃねえのか?」

「ただの火消しが『獄』なんて半纏を着てるはずがねえ」

駕籠かきたちが言う。

「十中八九は火付けだろう」

剣豪同心が言った。

「かわいそうに、本物の火消しは命を落としたのか」

「麹町が縄張りの『や組』って書いてあるぜ」

客がかわら版を指さした。

こう記されていた。


　この火事場にて、不幸な出来事が出来(しゅったい)せり。土地(ところ)の火消し、や組の面々が勇んで火に立ち向かひしが、折悪しく家が崩れ、若き火消しが職に殉(じゅん)じたり。忠吉(ちゅうきち)といふその火消しは、近々幼なじみの娘と祝言(しゅうげん)を挙げる段取りになつてゐをり。不幸なるかな、やんぬるかな。若き火消しの無念やいかに。惜しみてもあまりあることなり。

「まったく、かわいそうなことで」

「火付けだったりしたら、ただじゃおかねえ」

駕籠かきたちの表情がこわばった。

「敵(かたき)を討ってやらねえとな」

剣豪同心が言った。

「ええ、何としてでも」

鬼与力の声に力がこもった。

「次はいい知らせのかわら版を読みてえとこですな」

大五郎親分が言った。

「そりゃ、つくるほうも気分がいいんで」

小六がそう言ったとき、また客がいくたりか入ってきた。

「おっ、火消しが来たぜ」

客の一人が小声で言った。

飯屋に姿を現したのは、こ組の火消し衆だった。

四

渋谷を縄張りとする火消し衆もかわら版を手にしていた。

「や組に悔やみに行った帰りなんで」

こ組のかしらの巳三郎が言った。

「わざわざ麴町へ行ってきたのか」

月崎同心が問うた。

「へい。渋谷へ戻る前に、どうしても悔やみを言いたかったんで」

巳三郎は答えた。

「同じ火消しとして、他人事（ひとごと）じゃねえもんで」

纏持（まといも）ちの勇蔵が言った。

「火事で亡くなった忠吉さんは祝言間近だったとのこと。ほんとにもう、気の毒で気の毒で」

若い者頭の梅吉が目尻に指をやった。

「神も仏もねえもんかよう」

「地獄の火消しどもが死にゃよかったんだ」

駕籠かきたちが言った。

それを聞いて、こ組のかしらが口にちょっと手をやった。

「そりゃみんな言ってるぜ」

大五郎親分が言った。

「ところで、おめえさん、その手はどうしたい」

月崎同心がたずねた。

「あ、ちょいと犬に嚙まれちまって」

梅吉は布巻きをした右手を左手で押さえた。

「気をつけな。毒が入るといけねえ」

剣豪同心が言った。

「へい」

こ組の若い者頭は殊勝に頭を下げた。

「とにかく、そのうち敵を討ってやりまさ」

かしらの巳三郎の声に力がこもった。

「同じ火消しの仲間なんで」

纏持ちが和す。

「気張ってくんな」

「江戸の町火消しの心意気を見せてやってくれ」

駕籠かきたちから声が飛んだ。

「合点で」

「任せておくんなせえ」

こ組の火消し衆がいい声を響かせた。

五

縄張りの渋谷へ帰るというこ組の火消し衆を見送った剣豪同心と鬼与力は、十手持ちと下っ引きとともに駕籠屋へ行った。

奥の部屋で、あるじの甚太郎をまじえて話をする。いささか人の耳を遠ざけたい話だったからだ。

「おいらは、『おや？』と思ってましたぜ」

話が一段落したところで、小六が言った。

「勘ばたらきか」

大五郎親分が問う。

「まあ、そんなところで」

小六はにやりと笑った。

ここで出前駕籠が帰ってきた。

為吉とおすみの夫婦駕籠だ。たまには控えの巳之吉の出番もあるが、おおむね二人で担ぐ。

「出前をしてまいりました、旦那」

おすみが月崎同心に言った。

「おう、ご苦労さん」

町方の隠密廻り同心が労をねぎらった。

駕籠かきなどに身をやつすこともあるが、今日は道場の稽古もあったから浪人のなりだ。

「深川丼もけんちん汁も好評で」

為吉が笑顔で告げた。

出前を届けたのは南町奉行所だ。

「みな残さず食べたか」

同心が問う。

「ええ。みなさん召し上がってくださいました」

と、おすみ。

「食べっぷりを見てたら、また膳を食いたくなったそうで」

為吉がおすみのほうを手で示した。

「相変わらず大食いだな」

大五郎親分が笑った。

「また大食い比べをやったらどうです？」

小六が水を向けた。

「いや、負けいくさはやらねえんで」

十手持ちがあわてて手を振ったから、江戸屋の奥の部屋に和気が漂った。

見かけによらず、おすみは大男にも負けない大食いだ。

「では、明日にでも、うちも頼もう」

長谷川与力が言った。

「ありがたく存じます。伝えてきます」

おすみが笑顔で答えた。

「深川丼のお代わりを食いに行くんだろう」

月崎同心が冷やかす。

「まだあればいいんですけど」

おすみが答えた。

「ほんとに食うつもりか」

甚太郎があきれたように言った。

第四章　黒閻魔の寺

一

渋谷村に建物は少ない。

紀伊和歌山藩や和泉岸和田藩などの下屋敷は点在しているが、朱引きの内側としてはいたって寂しいたたずまいで、田や畑や雑木林のほうがよほど多かった。

町場も寥々たるものだった。

大山詣でで用いられる大山道だけはそれなりに開けており、途中に茶見世などもあった。それでも、町並みになっているのは宮益町と道玄坂町くらいだった。

もう一つ、由緒ある金王八幡宮の門前にも町並みがあった。それにほど近い広尾町も町場の雰囲気を有していたが、そのほかは田舎家がぽつんぽつんと建っているばかりの寂しい場所だった。

ただし、寺はところどころにあった。大小それぞれだが、なかには立派な門を構えている寺もあった。

その一つに、慈国寺という名の古刹があった。

国を慈しむ寺、と書く。

いかにもありがたい字面だが、寺に関わる者たちはひそかにべつの名で呼んでいた。

濁音が一つだけ多い。

それは、地獄寺だった。

二

本堂に灯りがともっている。

百匁蠟燭だ。

その灯りが、車座になった男たちの顔を怪しく浮かびあがらせている。

「もう少し大火になればな」

かわら版に目を通した僧がやや苦々しげに言った。

「そのつもりだったんですが、和尚（おしょう）」

半纏（はんてん）をまとった男がいくぶん顔をしかめた。

火消しの半纏だ。

「江戸を火の海に沈めて地獄にするはずではなかったのか」

和尚がしゃがれた低い声で言った。

寺の名と同じ慈国和尚だ。

かつては無住だったこの寺を立て直し、いまの姿にしてかなりの年月が経った。

「へい、次こそは」

火消しの半纏をまとった男が答えた。

「このたびは、いま一つうまくいきませんで」

「火傷（やけど）をしちまうなど、段取りのしくじりがあって」

ほかの男たちが言う。

「言い訳をするな」

慈国和尚がぴしゃりと言った。

「次こそは、地獄の火消しらしいところを見せてやれ」

声に力がこもる。

「へい」

「合点で」

「気を入れ直してやりまさ」

火消し衆が答えた。

獄

その背には、ひと目見ただけでふるえあがりそうな字でそう染め抜かれていた。

獄組の「獄」だ。

しかし……。

その半纏は裏返しても着られるような仕立てになっていた。

平生(へいぜい)はべつの字が染め抜かれていた。

こ

獄組の正体は、渋谷を縄張りとする「こ組」だった。

三

慈国寺の本堂に集まっているのは、僧と火消し衆だけではなかった。用心棒とおぼしい悪相の武家もいくたりかいた。武芸者然としたいでたちの男もいる。

「そろそろ、われらの出番か」

「こ組に任せてはおけぬからな」

男たちから声があがった。

「次こそしっかりやりますんで」

かしらの巳三郎があわてて言った。

「前のしくじりを取り返しまさ」

若い者頭の梅吉が右手をかざした。

そこには布巻きがなされていた。飯屋でいぶかしまれたときは「犬に噛まれた」と言っておいたが、実際は火事場での火傷だった。

「二度もしくじっちまって面目ねえことで」

纏持ちの勇蔵が頭を下げる。

「火付けはうまくいったんですが、思ったほど飛び火しませんで」

巳三郎が首をかしげた。

「気合が足りぬのではないか」

用心棒の一人が言った。

「渋谷村は田舎だと日頃から侮(あなど)っている江戸のやつらを地獄の火の海に沈めてやる、と力んでいたではないか」

「口ほどではなかったのう」

ほかの男も和す。

「面目ねえこって」

「次こそ必ず」

「江戸を火の海にしてやりまさ」

地獄の火消したちが力んだ。

「次は護摩(ごま)も焚(た)こう」

慈国和尚が言った。

「護摩でございますか」

こ組のかしらが身を乗り出した。

「そうだ。神風を吹かせてやれば、火の手も大きくなるであろう」

眼光の鋭い僧が身ぶりをまじえた。

「護摩は本堂で焚くのか」

偉丈夫(いじょうふ)の用心棒がたずねた。

「いや、ご本尊の前だ。拙僧が焚く」

慈国和尚は本堂の奥の扉を手で示した。

堅く施錠(せじょう)がなされている。

錠前の鍵は、住職が肌身離さず持っていた。

「だれもその目で見たことがねえご本尊で」

こ組のかしらの巳三郎が言った。

「門外不出だから」

纏持ちの勇蔵が和す。

奥の扉には梵字(ぼんじ)が記されていた。

普通の者には読めないが、たしかな意味があった。

この扉を開けるべからず。

これは地獄への扉。

恐ろしきものを解放するなかれ。


梵字で記された言葉は、そう戒めていた。

四

古刹の秘仏は折にふれて御開帳が行われる。

年に一度、あるいは、もっと長い周期で人の目に触れる。

だが……。

慈国寺の本尊は正真正銘の秘仏だった。寺で飼われている腕自慢の用心棒たちは、だれ一人としてその姿を見たことがなかった。

住職とその弟子だけが扉の向こうへ赴き、秘仏を拝むことができる。

秘仏には名があるが、人間の言葉では発音できない奇怪な響きを有している。

発音できない秘仏は、寺では俗称で呼ばれていた。

黒閻魔

それが寺での呼び名だ。

通常の閻魔像とは違う。

真っ黒で、表情もすこぶる恐ろしい。

言い伝えによると、黒閻魔を彫った仏師は、おのれがつくりあげたもののあまりの恐ろしさに気がふれてしまい、自らの目を鑿(のみ)で貫き、舌を噛んで自害したらしい。

そんな伝説の本尊を祀(まつ)る寺の本堂で、さらに密談が続いた。

「次はどこに火を付けるか、それも占ったほうがよかろうな」

慈国和尚が言った。

「では、支度いたしましょう」

弟子の僧が言った。

「頼む」

住職は短く答えた。

「どんな占いだ」

用心棒の一人がたずねた。

「百聞は一見にしかず。まずは力をもらってきましょう」

慈国和尚はそう言って立ち上がった。

「そのあいだに、わたくしは支度を」

弟子も動く。

「ご本尊の力をもらうんですな」

ご組のかしらが言った。

「そりゃ百人力で」

纏持ちが和す。

「黒闇魔にゃだれも勝てないというわけか」

「人ではないからな」

用心棒たちが口々に言った。

ややあって、住職は扉の向こうへ姿を消した。

本堂はしばし静かになった。

五

いくらか経った。
扉がまた開き、慈国和尚が姿を現した。
用心棒に雇われて日が浅い者は息を呑んだ。
そんな住職の表情は見たことがなかったからだ。
まるで人が変わってしまったように見えた。
いや、違う。
人ではないものに変じてしまったかのようだった。
和尚の後ろに、えたいの知れないものが貼りついている。
見えない不気味なものを背負っている。
そんな感じもした。
しかし……。
本堂を進み、座布団に座るころには旧に復した。
そこにいるのは、この寺の住職に相違なかった。

「では、占いを始めよう」

何事もなかったかのような声音(こわね)で、慈国和尚は言った。

「ご本尊の力はもらいましたかい」

こ組のかしらが軽くたずねた。

「もちろんだ」

住職はぐっとにらみつけた。

思わずふるえあがるような顔つきだ。火消しはもう声を発しなかった。

「支度はできております」

弟子が本堂の床を指さした。

そこには紙が広げられていた。

いろは四十七文字と十二支が記されている。

「うむ」

慈国和尚が立ち上がった。

その手に紐(ひも)が握られていた。

細く赤い紐だ。

その先に、穴開きの銭が結わえつけられている。

「それで占いを？」

新参の用心棒がけげんそうな顔つきになった。

「まあ見ていろ」

古参の用心棒が言う。

本堂はまた静まった。

機は熟した。

慈国寺の住職はやおら口を開いた。

六

大いなるものよ
地獄に通じる扉を護(まも)るものよ
われに真実を伝えたまえ

慈国和尚の凜(りん)とした声が響いた。

火消しも用心棒たちも、口をつぐみ神妙な面持(おもも)ちで見守っている。

大いなるものよ。
黒闇魔よ。
住職はその名を呼んだ。
寺の本尊の通り名だ。
黒闇魔よ、目覚めよ。
われに真実を伝えたまえ。
慈国和尚はそう言うと、細い紐に結わえつけた穴開きの銭を紙の上にかざした。
文字が記された紙だ。
大いなるものよ、黒闇魔よ。
われに真実を伝えたまえ。

住職の声が高くなった。

われらの宿願は、江戸を火の海に沈めることなり。

大火が江戸の町を焼きつくし、混沌（こんとん）の世になれば、あらゆるものが覆（くつがえ）され、黒閻魔が統（す）べる世にならん。

力を貸したまえ。

慈国和尚はそう訴えた。

江戸の民からは田舎者と侮られている渋谷村の寺では、恐るべき企てが進められていた。

示したまえ、黒閻魔よ。

次なる火付けの場所はいずこぞ。

地獄の火消しに身をやつし、いずこへ火を付ければ、燃えさかる大火となり、江戸を火の海に沈められん。

示したまえ、示したまえ……。

慈国和尚は身を乗り出した。

中腰になり、紐に結わえつけられた銭をじっと見つめる。

「おお」

用心棒の一人が、思わず声を発した。

「銭が動いてるぜ」

こ組の纏持ちが指さす。

「静かにしてな」

かしらがすぐさまたしなめた。

銭が動く。

いろはのある文字の上でしばし止まったかと思うと、またふるふると紐が揺れて動きだす。

三度目に銭が止まったとき、慈国和尚の顔に解明の色が浮かんだ。

三度にわたって指し示された平仮名は、こう告げていた。

や　な　か

七

「谷中か」

　住職の目に光が宿った。

「寺町だな」

　用心棒の一人が言う。

「全部燃やしちまいましょう」

「寺ならよく燃えるぜ」

「火の海に沈めちまえ」

　こ組の火消し衆が口々に言った。

「では、続いて、時の占いを」

　慈国和尚は再び銭つきの紐を握った。

　今度はいつ何時(なんどき)ごろに火付けをやればいいかという占いだ。

　また銭が動き、十二支を指し示した。

「次の午(うま)の日の丑三(うしみ)つ時だ」

住職が伝えた。

「夜中なら目立たなくて良かろう」

「われらも見物に行きたいところだ」

「朝早く渋谷村を発たずとも間に合うからな」

用心棒たちが言った。

「寺の備えにいくたりか残っていただければ、あとはご随意に」

慈国和尚の許しが出た。

「谷中からでも、風向きが良ければ江戸じゅうに燃え広がるだろう」

「少なくとも火付けは楽だな」

「今度こそだ」

こ組の火消し衆が言った。

「拙僧はここで護摩を焚いて祈ることにしよう。江戸を火の海に沈めたまえと」

慈国和尚が何とも言えない笑みを浮かべたとき、用心棒の一人の顔色が変わった。

「何やつ」

そう言うなり、刀をつかんで立ち上がる。

「賊か」

「迎え撃て」

用心棒たちは色めき立った。

だが……。

ここで天井裏から声が響いてきた。


にゃーん……


それを聞いて、最初の用心棒が脱力したような顔つきになった。

「なんだ、猫か」

用心棒は苦笑いを浮かべた。

「天井裏に鼠がいるからな」

「とんだ賊だった」

用心棒たちは座り直した。

猫のなき声はそれきり響かなかった。

八

いくらか経った。

渋谷村の慈国寺から、一つの影が現れた。

月あかりが照らす。

腰をかがめ、いっさんに走る。

寺からいくらか離れたところで、影は立ち止まった。

振り向く。

追っ手の影は見えなかった。

ここまで来れば大丈夫だ。

「危ねえとこだったぜ」

影がひとりごちた。

それは、猫又の小六だった。

渋谷を縄張りとする火消しのこ組の動きを、月崎同心は怪しんでいた。なぜわざわざ渋谷からやってきたのか、いま一つ腑に落ちなかった。

地獄の火消しの正体は、渋谷のこ組だ。
そう考えると、すべての平仄が合った。
咎人は咎事を起こした場に戻ってくる。それと似たようなものだろう。
剣豪同心は小六に命じ、こ組の周辺を探らせた。
案の定だった。
大きな魚が釣り針にかかった。
あとは首尾よく釣り上げてさばくばかりだ。
「よし、旦那に知らせだ」
小六は足を速めた。

第五章　磯辺巻きと蒲焼き丼

一

「眠くなってきましたぜ」

小六が目元に指をやった。

翌日の駕籠屋のほうの江戸屋だ。

「働きだったからな。あとで飯を食ったらゆっくり休め」

月崎同心が言った。

「へい、そうしまさ」

大役を果たして帰ってきた小六が答えた。

「次はおいらが気張るからよ」

門の大五郎が太い腕をたたいた。

「任せるんで」

下っ引きが笑みを浮かべた。

重要な知らせを得た小六は急いで戻り、大五郎に伝えた。

大五郎は奉行所が開くのを待って月崎同心に報告した。

「火盗改方にも知らせたところだ。次の午の日の丑三つ時なら、じっくり捕り物の網を張れる」

剣豪同心が腕を撫した。

「ただ、谷中と言っても存外に広いですからな」

甚太郎が切絵図を指さした。

畳の上に、周到に広げられている。

「まさか、谷中生姜で有名な畑のほうじゃねえでしょうな」

大五郎が言う。

「そりゃ、寺方のほうでしょう、親分」

小六がすぐさま言った。

「谷中から火が出たら、風向きによっては上野のお山から江戸じゅうへ飛び火しちまうんで」

甚太郎はそう言うと、苦そうに茶を啜(すす)った。

「そもそも、火付けを止めれば大火になりようがねえ。初めの火を出させねえようにしねえとな」

月崎同心の声に力がこもった。

「へい、そのとおりでさ」

十手(じって)持ちが言う。

「とにかく、次の午の日だ。よし、飯屋へ行くか」

剣豪同心が両手を打ち合わせた。

「待ってました」

小六が笑みを浮かべた。

二

その日の膳の顔は巻き寿司だった。

切った巻き寿司が小判のように積まれている。盛りのいい江戸屋ならではだ。

これにあぶった干物と味噌汁、さらに青菜のお浸しと香の物がつく。いつもながらのにぎやかな膳だ。

「花見弁当も始めたもんで、膳は巻き寿司にしてみました」

あるじの仁次郎が言う。

「ああ、そうか。もう花見に繰り出してるやつらはほうぼうにいそうだな」

月崎同心が言った。

「おかげで朝から大忙しで」

修業中の吉平が厨（くりや）から言った。

「巻き寿司屋になれるわよ」

おかみのおはなが笑みを浮かべた。

「旦那（だんな）のところは、弁当のご用命は？」

仁次郎が水を向けた。

「花見弁当か？」

月崎同心が訊（き）く。

「ええ。奉行所の皆さんで花見とか」

と、仁次郎。

「地獄の火消しもまだ捕まえてねえし、まだそんな陽気じゃねえな」

月崎同心は答えた。

ここで膳が出た。飯屋の者たちが手分けして運んでくる。

「おう、来た来た」

大食いの大五郎がさっそく箸(はし)を取った。

「食い物を見たら目が覚めましたぜ」

小六が笑みを浮かべる。

「たんと食っておけ」

同心が言った。

「明日の花見弁当は赤飯にするつもりで」

仁次郎が言った。

「そりゃ食いてえな」

「うちの赤飯はささげがたくさん入ってるからよ」

江戸屋の駕籠かきたちが言う。

「太巻きもうめえぜ」

賞味してから、月崎同心が言った。

「海苔(のり)がぱりっとしてるし、干瓢(かんぴょう)に味がしみてら」

大五郎親分がほめる。

「ちょっと入っている脇役の高野豆腐(こうや)がまたうめえ」

小六が満足げに言った。

「まるでおめえみたいな働きだな。また頼むぜ」

剣豪同心が言った。

「へい、承知で」

すっかり元気を取り戻した顔つきで、小六が答えた。

三

「それがしも二人がかりでお願い申す」

鬼与力が気の入った声を発した。

「おう」

剣豪同心が応じる。

翌日の自彊館(じきょうかん)だ。

まず月崎同心が長谷川与力と師範代の二ツ木伝三郎を相手にした。

ひとしきり汗をかき、道場主の芳野東斎から「それまで」の声がかかった。そこですかさず、鬼与力が交替を申し出た。

「行くぞ」

剣豪同心がひき肌竹刀をかざした。

「おう」

鬼与力が構えた。

「とりゃっ」

その背後から、師範代が打ちこむ。

鬼与力は素早く振り向いて受けた。

「ていっ」

ぐっと押し返し、間合いを取る。

さらに振り向き、今度は剣豪同心の竹刀を受けた。

「でででいっ」

同心が押しこむ。

手加減なしの稽古だ。

汗が飛び散り、声が飛ぶ。

門人たちはみな身を乗り出して稽古を注視していた。これも修行の一環だ。

「てやっ」

鬼与力が押し返す。

次は谷中へ赴き、地獄の火消しと用心棒たちを一網打尽にせねばならない。おのずと稽古に力が入る。

「ぬんっ」

師範代が踏みこんだ。

間一髪でかわし、鬼与力が受ける。

「押せ、平次」

剣豪同心が叱咤した。

「はっ」

鬼与力の動きに力が満ちた。

「てやっ！　てやっ！」

続けざまにひき肌竹刀を打ち下ろす。

師範代の足がもつれたかと思うと、道場の床にどうとばかりに尻餅をついた。

「それまで」

道場主がさっと右手を挙げた。

四

「稽古の後の飯はうまいが……」

月崎同心がいくらかあいまいな表情で箸を止めた。

今日の飯屋の膳は赤飯だ。花見弁当にも使うささげたっぷりの赤飯に胡麻塩を振りかけて食せば、まさに口福の味だ。

「本番はこれからですからね」

長谷川与力がそれと察して言った。

「そうだな。次は打ち上げだ」

剣豪同心はそう言うと、また箸を動かした。

「何かまた捕り物でもあるんですかい」

耳ざとく聞きつけた駕籠かきが問うた。

「まあ、そんなところだ」

月崎同心はそう答えておいた。

「気張ってくださいまし」

「おれらが枕を高くして寝られるのは旦那がたのおかげなんで」

ほかの客も言う。

「おう、任せときな」

剣豪同心は軽く胸をたたくと、今度は鰺の磯辺巻きを口中に投じた。

三枚におろして塩を振って下ごしらえをした鰺の身を、薬味を芯にして海苔でくるくる巻いて切った料理だ。

薬味は葱と貝割れ菜と生姜。見た目も鰺の太巻きのようで楽しいが、食ってもさわやかでうまい。これは酢醤油が合う。

「酒が進みますね」

長谷川与力も食して言った。

「そうだな。前祝いだ」

月崎同心が酒をついだ。

「これはどうも。……陽之進どのも」

鬼与力がつぎ返す。

「支度はおおむね整ったな」

声を落として言うと、剣豪同心は猪口(ちょこ)の酒を呑み干した。

「なるたけ大きく網を張って、二段構えの捕り物に」

長谷川与力も小声で答えた。

「そうだな。渋谷の寺を取り囲んでも、捕り逃がす恐れがある」

と、同心。

「渋谷は田舎ですから、江戸から捕り手が大挙してやってきたらおのずと目立ちます」

与力が言う。

「夜討ちでも察知されるかもしれぬからな」

剣豪同心はそう言うと、また一つ鰺の磯辺巻きを口中に投じた。

「ええ。まずは敵が動いたところを一網打尽にするのがよろしかろうと」

鬼与力が慎重に言った。

「言わば裸城(はだかじろ)になったところで、残党とも言うべき住職その他を召し捕るわけだ」

「ええ、その通りです」

「捕り逃がさないようにしねえとな」

「はい」

　相談がまとまった。

　膳もほどなく空になった。

「おう、うまかったぜ」

　月崎同心がおはなに声をかけた。

「毎度ありがたく存じます」

　飯屋のおかみが笑顔で答えた。

「次の巳の日、八人前、出前を頼むぜ」

　同心がちらりと与力の顔を見てから言った。

　巳の日は午の日の前日だ。

「巳の日ですね。承知しました」

　おはなが答えた。

「ならば、火盗改方の役宅にも八人前頼む。町方の後でよいから」

　長谷川与力が言った。

「精のつくものを頼むぜ」

　月崎同心が言い添えた。

「承知しました。気張ってつくりますんで」

厨からあるじの仁次郎が答えた。

五

巳の日の江戸屋はあわただしかった。

「今日は鰻屋(うなぎや)で」

飯屋のあるじの仁次郎がそう言って、手際よく鰻をさばきはじめた。

「気張ってやります」

ねじり鉢巻きの吉平がいい声で言う。

膳は鰻の蒲焼(かばや)き丼だ。これに肝吸(きもす)いと香の物がつく。

「江戸屋の鰻はでけえな」

「焼き加減も上々で」

「こりゃ精がつくぞ」

河岸で働く男たちが箸を動かす。

そこへおすみが入ってきた。

「まずお奉行所の八人前、お願いします」

出前駕籠を受け持つ若女房が言う。

「はいよ」

「いまつくりますんで」

厨から声が返ってきた。

「蒲焼きの匂いはたまんねえな」

「たれの匂いだけで飯を食えるぜ」

「なら、おめえは匂いだけかいでな」

駕籠かきたちが掛け合う。

ややあって、為吉とおすみが空の出前駕籠を担いできた。

二人前を入れた倹飩箱（けんどんばこ）を四つ付けられるから、八人前の出前ができる。

「はい、どんどん出すよ」

仁次郎がいい声を響かせた。

「肝吸いも」

吉平が和す。

「どこへ出前だい」

駕籠かきの一人が問うた。

「月崎の旦那のところで」

為吉が答えた。

「町方か。いちばんの上得意だな」

べつの駕籠かきが言う。

「そのあと、火盗改方の役宅にもお届けにあがるんですよ」

おすみが伝えた。

「へえ、そりゃ大変(てえへん)だ」

「気張って稼ぎな」

気のいい駕籠かきたちが言った。

出前の支度が整った。

「なら、お願いします」

おはなが送り出す。

「承知で」

為吉が気の入った声で答えた。

はあん、ほう……

はあん、ほう……

先棒と後棒の声がそろう。

八人前の膳を載せた江戸屋の出前駕籠は南町奉行所に向かった。

六

「脂が乗っていてうめえな」

月崎同心が笑みを浮かべた。

江戸屋の出前の蒲焼き丼を手下や仲間とともに食べはじめたところだ。

「江戸屋は飯の盛りもいいんで」

「たれがまたたっぷりで」

ほうぼうで小気味よく箸が動く。

「さらに玉子が入っていたら、申し分なかったんだが」

剣豪同心が言った。

「うな玉丼ですな」

「それもうまそうだ」

「ただ、玉子の分、値が上がりそうですが」

「玉子は値が張るので」

出前を食しながら、話が弾む。

「それが痛し痒しだな。ま、これだけでも充分うめえが」

月崎同心は笑みを浮かべた。

「肝吸いもうまいです」

「出前はやっぱり江戸屋で」

好評のうちに、蒲焼き丼は次々に平らげられていった。

器がおおむね空になったところで、為吉とおすみが姿を現した。

「ちょうど頃合いに来るな」

月崎同心が笑って言った。

「だいたい分かりますんで」

おすみが笑みを返した。

「なら、次の出前もあるんで、器をいただいて帰りまさ」

為吉がきびきびと言った。

「平次のところだな」

いくぶん声を落として、剣豪同心が言った。

「へい」

為吉がうなずく。

「頼むぞ、と伝えておいてくれ。それで分かる」

月崎同心は引き締まった表情で言った。

「承知しました」

「お伝えしておきます」

出前駕籠の二人の声がそろった。

七

はあん、ほう……

はあん、ほう……

出前駕籠が進む。

帰りは軽くなるから、足取りも軽い。

「今日も好評でよかったわね」

後棒のおすみが言った。

「そうだね。長谷川様のところもあるから、もうひと気張り」

先棒の為吉が答える。

やがて、松川町が近づいてきた。

「あっ、あれは」

おすみが声を発した。

「親分さんたちだな」

為吉も気づいた。

江戸屋のほうからやってきたのは、閂の大五郎と猫又の小六だった。

「おう、ご苦労さん」

十手持ちが右手を挙げた。

「おいらたちも食ってきたばかりで」

下っ引きが言う。

「さようですか。これから火盗改方のお役宅にも出前を」

おすみが告げた。

「今や遅しと待ってるぜ、飯屋は」

大五郎親分が笑みを浮かべた。

「ちょっとだけ休みたいですが」

と、為吉。

「なら、茶を一杯くらいだな」

小六が言った。

「それにしてもうまかったな、鰻の蒲焼き丼は。三杯食っちまったぜ」

大食いの十手持ちがそう言って、帯をぽんとたたいた。

「さすがは親分さん」

おすみが笑みを浮かべる。

「夜中からいくさだから、精をつけとかねえと」

小回りの利く下っ引きが言う。

「いくさはどちらで？」

為吉が声を落として問うた。

「いや、そりゃ言えねえんだ」

小六はあわてて手を振った。

「とにかく、気張ってくださいまし」

おすみが言った。

「おう、おめえらもな」

大五郎親分が右手を挙げた。

「はい、気張ってお届けします」

「もうひと頑張りで」

出前駕籠の若夫婦がいい声で答えた。

第六章　三崎坂の捕り物

一

夜が更けた。
巳の日から午の日に変わる。
月あかりがあった。
風もある。
かなり強い風が雑木林を揺らしている。
人気が絶えた団子坂下に、足音が近づいてきた。
いくたりもの男たちが走ってくる。
「団子坂を下りたところだな」
悪相の男が足を止めて言った。

渋谷の慈国寺に詰めていた用心棒の一人だ。

「そこがもう谷中だ」

べつの長身の用心棒が指さす。

「ちょうどいい風向きで」

こ組のかしらの巳三郎が言った。

「だんだん強くなりますぜ、かしら」

纏持ち（まといもち）の勇蔵が言う。

「火が出たら、上野のお山から広小路（ひろこうじ）のほうへ飛び火しまさ」

若い者頭の梅吉がにやりと笑った。

こ組の三羽烏（さんばがらす）がそろっている。

もっとも、その半纏の背に染め抜かれている字は「こ」ではなかった。

「獄」だ。

地獄の火消しが、江戸に三度（みたび）姿を現した。

「そこの三崎坂（さんさきざか）を上れば谷中の寺町だ」

かしら格の悪相の用心棒が指さした。

「どの寺に火を付けてやるか」

長身の用心棒が言う。

「楽しみだ」

「今度こそ大火に」

「おう」

地獄の火消し衆が気勢を上げた。

二

同じころ――。

慈国寺の本堂の奥から読経（どきょう）の声が響いていた。

住職の声だ。

護摩（ごま）が焚（た）かれている。

門外不出の本尊が祀（まつ）られている秘密の部屋だ。

火灯（ほあか）りが本尊の顔を浮かびあがらせる。

黒閻魔（くろえんま）だ。

太い眉を吊り上げ、手に笏（しゃく）を持った閻魔が、すさまじい怒りの形相（ぎょうそう）でにらみつけている。
冥界の王である閻魔はみなこのような姿だが、黒閻魔はことに恐ろしかった。
その双眸から黒い光の矢がいまにも放たれそうな表情だ。

黒閻魔よ。
闇なる世界を護るものよ。

慈国和尚の声音が変わった。
読経が呪文めいたものに変わる。

黒閻魔よ。
われらに力を与えたまえ。
ひとたび上がった火の手に風を吹かせ、火勢を増さしめよ。

住職の声が高まる。
それに応じて、護摩壇の火も強くなった。

燃えよ、燃えよ。

江戸のすべてを焼きつくせ。

世の中心は、この渋谷村なり。

江戸を灰燼に帰さしめよ。


慈国和尚の手の動きが速くなった。

「喝！」

声が響く。

黒闇魔の両目が真っ赤に染まった。

三

「この寺でどうだ」

用心棒のかしらが門を指さした。

「早いとこ火を付けちまおう」

長身の用心棒が答える。

「やりますぜ」

こ組の纏持ちが前へ進み出た。

「悪く思うなよ」

かしらの巳三郎が寺のほうに向かって言った。

門に扉はない。

たやすく入って火を付けることができる。

「よし」

若い者頭がおのれに一つ気合を入れた。

だが、そのとき……。

それまで静まっていた谷中の三崎坂が急にあわただしくなった。

坂の上手(かみて)と下手(しもて)、両方から提灯(ちょうちん)が近づいてくる。

一つではない。

いくつもの提灯の灯りが網を絞るようにぐっと近づいてきた。

「げっ、何だ」

用心棒のかしらが顔色を変えた。

声が響いた。

「御用だ」

「御用！」

提灯が揺れる。

さらに近づいてくる。

「まさか……」

もう一人の用心棒が目を瞠った。

「いま火を付けるところだったのに」

「邪魔しやがって」

「どうなってるんだ」

地獄の火消したちがうろたえた。

そして、声が響いた。

「われこそは、南町奉行所同心、月崎陽之進なり」

剣豪同心が上手から名乗りを挙げた。

「われこそは、火付盗賊改方与力、長谷川平次なり」

坂の下手は鬼与力だ。

「御用だ」

「御用！」

それぞれの背後には、捕り方がいくたりも控えている。

「おめえらの正体はお見通しだ、渋谷のこ組」

小六が声をあげた。

「観念しな」

閂の大五郎が指を鳴らす。

「小癪な。たたき斬ってやるわ」

用心棒が剣を抜いた。

四

「われこそは、唯我一刀流、峠一龍」

長身の用心棒が名乗りを挙げた。

「覚悟せよ」

谷中の三崎坂に野太い声が響く。

一刀流か……。

剣豪同心は、ぐっと奥歯を噛みしめた。

初太刀(しょだち)に渾身(こんしん)の力をこめて打ち下ろす。一刀両断の気合で豪剣を振るう。それが一刀流の剣士だ。

逃げてはならない。

敵が全力で打ち下ろしてきたら、こちらも全力で受ける。

それしかない。

「死ねっ」

峠一龍は大上段から剣を打ち下ろしてきた。

「ぬんっ」

剣豪同心が受ける。

手首から二の腕、さらに肩から脳天に至るまで、しびれが伝わった。

それほどまでに強烈な剣だった。

並の剣士なら、たちどころに斬られていただろう。

だが……。

陽月流の遣(つか)い手は違った。

正しく受けて押し戻すと、しびれはすぐさま消えた。
「てやっ」
峠一龍は次の剣を放ってきた。
もはや剣筋が見えた。
「鋭(えい)っ」
剣豪同心が先んじて受ける。
がしっ、と受けて押し返し、坂の上手に立つ。
月あかりが敵の顔を照らした。
ゆがむ。
不利な場所に立たされた用心棒は、反撃の剣を振るった。
上段ではない。
下から勢いよく斬り上げてきた。
「ぬんっ」
これも正しく受けた。
間合いができる。
いまだ。

剣豪同心は隙を逃さなかった。

「てやっ」

裂帛の気合で、正面から斬りこむ。

隙を突かれた峠一龍は受けることができなかった。

「ぐわっ」

悲鳴があがった。

血しぶきが舞う。

剣豪同心の剣は、一刀流の遣い手の額をものの見事に斬り裂いていた。

峠一龍がよろめいた。

ひざからがっくりと頽れる。

用心棒はほどなく絶命した。

五

「食らえっ」

門の大五郎の張り手が炸裂した。

「ぎゃっ」

食らったのは、こ組の若い者頭の梅吉だった。

たちまち顔が真っ赤に腫(は)れあがる。

「御用だ」

「御用！」

わっと捕り方が群がる。

火消しはなすすべもなく後ろ手に縛られた。

「ええい、どけっ」

纏持ちの勇蔵が声を張りあげた。

「阿呆(あほう)がっ」

元相撲取りは前へ突進した。

ぶちかましで相手がくらっとしたところへ、また張り手を見舞う。

さらに、両手を広げたかと思うと、敵の両ひじをがしっときめた。

得意技の閂だ。

そのまま力まかせに振り回す。

ぼきぼきっと骨が折れた。

「ぐわあああああああっ！」

纏持ちが涙まじりの悲鳴をあげた。

倒れたところに蹴りを入れると、勇蔵は白目をむいて悶絶した。

「あっちへ逃げましたぜ、親分」

いくらか離れたところから見張っていた小六が指さした。

「おう」

門の大五郎がすぐさま動く。

「御用だ」

「神妙にしろ」

町方と火盗改方、捕り方の精鋭は、こ組の火消したちを次々に捕縛していった。

背に「獄」と染め抜かれた地獄の火消したちが、一人また一人とお縄になる。

そして……。

かしらの巳三郎の前に大五郎が立ちはだかった。

「どけっ」

こ組のかしらが刺股を振り下ろしてきた。

元力士が素手で受ける。

「ぐえええっ」

手首をねじられた火消しのかしらが悲鳴をあげた。

門の大五郎がかさにかかって攻める。

両腕をきめ、背中を折る。

必殺のさば折りだ。

途方もない力で背骨を折られた巳三郎は、気を失ってあお向けに倒れた。

六

剣豪同心ばかりではない。

鬼与力も奮戦していた。

用心棒のかしらと、その手下がいくたりか残っていた。火付けの邪魔立てをする者は容赦なく斬り殺し、江戸を火の海にと、敵も気合が入っていた。火付けの手助けもするはずだった。

だが、案に相違した。

火が出る前に捕り方が現れたのは、用心棒らにとってみれば大きな誤算だった。

「神妙にせよ」

鬼与力がよく通る声を発した。

「しゃらくせえ」

「やっちめえ」

向こう見ずの手下たちが長脇差（ながどす）を振りかざしてきた。

遠回りのする剣だ。

陰流の遣い手は即座に見切った。

「ぬんっ」

敵の剣を鋭く払ったかと思うと、鬼与力は返す刀で峰打ちにした。

「ぐわっ」

手下が倒れる。

「何をしている」

用心棒のかしらが声をあげた。

もはや孤立無援に近い。

「捕らえよ」

もう一人の手下を峰打ちにしてから、鬼与力が命じた。

「はっ」

たちまち捕り方が群がる。

「御用だ」

「引っ立てい」

月あかりの谷中の三崎坂に、鬼与力の声が響いた。

七

同じころ――。

渋谷村の慈国和尚は唇を嚙んでいた。

護摩壇の火勢を見れば、おおよその首尾が分かる。

火付けにしくじったことは察しがついた。

ひとたび火が出れば、黒閻魔の力を借り、江戸を焼きつくす業火(ごうか)にと目論(もくろ)んでいたのだが、すっかりあてが外れてしまった。

まさか、火付けにしくじるとは。

慈国和尚は臍(ほぞ)を嚙んだ。

呪文が止んだ。

火が出ていないからには、もはや意味がない。

かくなるうえは……。

住職はぬっと立ち上がった。

すべての用心棒や手下が谷中に向かったわけではない。本丸と言うべき黒閻魔の寺には、まだ兵力が残っていた。

慈国和尚は本尊を見た。

次こそは、必ず。

じっと黒閻魔の目を見る。

閻魔の恐ろしい形相は変わらない。

和尚は両手を合わせた。


黒閻魔よ。

われらに力を与えたまえ。

敵対する者どもに災いをもたらしたまえ。

住職は瞑目した。

その瞼の裏で、黒閻魔がかっと口を開けた。

八

用心棒のかしらだけが残った。

その前に、剣豪同心が立ちはだかる。

「天地無双の天地流、われこそは大道寺玄斎なり」

悪相の用心棒が剣を構えた。

斜め上、蜻蛉の構えだ。

「柳生新陰流免許皆伝、人呼んで陽月流、月崎陽之進なり。いざ」

剣豪同心は正眼に構えた。

「小癪な」

大道寺玄斎はやにわに斬りこんできた。

月崎同心が受ける。

膂力にあふれた剣だが、尋常ならざるところはなかった。

「ていっ」

正しく受けて押し返す。

間合いができた。

「ふふ、ふふふ……」

天地流の剣士が嗤(わら)った。

不気味な嗤いだ。

やにわに剣が下がった。

「ていやっ、ていやっ」

敵は地面をたたきながら動きだした。

面妖な動きだ。

だが……。

剣豪同心は動じなかった。

いままで多くの剣士と相対してきた。なかには邪悪な遣い手もいた。

敵の動きに幻惑されず、体の芯をしっかり保っていれば、いかなる動きにも対応できる。

臍下(せいか)丹田(たんでん)の一点に力をこめれば、四肢は自在に動く。その要諦(ようたい)を剣豪同心は会得していた。

「ていやっ！」

ひときわ大きな声を発したかと思うと、大道寺玄斎が真上へ跳び上がった。

地面をたたき、下に注意を引きつけておいて、やにわに上から剣を振り下ろす。

これが天地無双の天地流だ。

一瞬でもひるんだら敵の思う壺だ。

虚を突かれ、脳天をたたき割られてしまう。

それほどまでに恐ろしい剣流だった。

しかし……。

剣豪同心は予測していた。

敵の目と、肩のわずかな動きだけで察しがついた。

空中では細かな動きはできない。ひとたび跳び上がれば、あとは剣を振り下ろすだけだ。

そこに生じるわずかな隙を、剣豪同心は逃さなかった。

素早く前へ動き、間合いを詰める。

同時に、剣を下から上へ鋭く突き上げた。

「うぐっ！」

天地流の剣士がうめいた。

剣豪同心の剣は、過たず敵の肺腑をえぐっていた。

引き抜き、今度は袈裟懸けに斬る。

ばっ、と血しぶきが舞った。

「慈悲だ」

陽月流の遣い手はとどめを刺した。

心の臓を貫くと、大道寺玄斎は口からおびただしい量の血を吐いた。

そして、前へ斃れた。

第七章　慈国寺の死闘

一

「引っ立てい！」

鬼与力の声が響いた。

「はっ」

火盗改方の精鋭が動く。

「頼むぞ」

剣豪同心も手下に声をかけた。

「はっ、捕らえた者は奉行所へ」

手下が答える。

谷中に現れた者どもは首尾よく一網打尽（いちもうだじん）にしたが、それで終わったわけではなかった。

　捕らえた者は奉行所と火盗改方の役宅へ手分けして運ばねばならない。むくろの始末もある。

「渋谷のほうはどうします、旦那（だんな）」

　小六が口早にたずねた。

「そちらが本丸だからな」

　月崎同心が答えた。

「ならば、夜討ちをかけますか、陽之進どの」

　長谷川与力が問う。

「ここは一気呵成（いっきかせい）に渋谷村まで攻めこむか」

　剣豪同心は腕組みをした。

「おいらは駆けるのは不得手で」

　大五郎親分が困った表情で言った。

「ならば、捕らえた者を引っ立てる用心棒役をやってくれ。渋谷村へは少数精鋭で走る」

　剣豪同心が答えた。

「承知で」

閂(かんぬき)の大五郎はほっとした顔つきになった。

「おいらは行きまさ。まだ何もしてねえんで」

小六が言った。

「おう、頼む」

月崎同心がさっと右手を挙げた。

町方と火盗改方、双方の精鋭が選りすぐられ、たちどころに討伐隊が結成された。

目指すは渋谷村の慈国寺だ。

「行くぞ」

剣豪同心が声を発した。

「おう」

鬼与力が真っ先に答えた。

二

走る、走る。

討伐隊が走る。

江戸の民が寝静まった夜の町を走っていく。

剣豪同心がいる。

鬼与力もいる。

江戸の安寧(あんねい)を護(まも)るために、邪悪な者どもは元から絶たねばならない。

走る、走る。

討伐隊は走る。

やがて家並みが途切れた。

「こっちで」

先導役の小六が提灯(ちょうちん)をかざした。

慈国寺に忍びこんで貴重な知らせをもたらした男だ。最も近い道が分かる。

走る、走る。

討伐隊が走る。

月あかりに照らされながら、夜の街道を走る。

「もう大山道で」

小六が言った。

「寺は近いか」

走りながら、月崎同心が問う。

「もうちょっとで」

小六が答えた。

渋谷村に入った。

夜鳥(よどり)が不気味に鳴いている。

平生(へいぜい)から人通りのない道だ。むろん、人影はない。

走る、走る。

討伐隊は走る。

その行く手に、甍(いらか)が浮かびあがった。

「あれでさ」

小六が指さした。

「着いたな」

剣豪同心が答えた。

黒閻魔を祀る寺の甍が、月あかりを浴びて怪しく光っていた。

三

本堂の床を百匁蠟燭の灯りが照らしている。

勇んで谷中へ出立した一隊は帰ってこない。どうやら首尾は芳しくないようだ。

「いまごろは、江戸は火の海になっているのではないか」

寺に残った用心棒の一人が言った。

「いや」

慈国和尚は首を横に振ってから続けた。

「もし江戸が火の海になっているのであれば、ご本尊は会心の笑みを浮かべているはずだ。残念ながら、首尾は芳しくない」

苦渋に満ちた顔つきで告げる。

「おれは見たことがないが、黒閻魔の表情が変わるのか」

べつの用心棒が問う。

「変わる。生けるもののごとくにな」

住職は答えた。

「今日の丑三つ時に谷中へ火付けに行くのは、お告げではなかったのか。なにゆえにしくじるのか」

もう一人の用心棒がひざを詰めた。

本丸の寺に残っている用心棒は三人だった。このほかに、若い僧や小者などがいる。住職を含めても十人足らずだった。

「あくまでも、江戸を火の海にするための占いだった。ひとたび火が出れば、江戸が灰燼に帰す。それに最も良き日と時はいつかを占い、お告げを得たのだ」

慈国和尚はそう説明した。

「さりながら、肝心の火が出なかったと申すか」

「もしそうだとすれば、間抜けな話だ」

用心棒たちが言う。

「火が出なければ、風の助けも得られない。画竜点睛を欠いたかもしれぬ」

住職は苦々しげに言った。

「されど、うまくいったかもしれぬではないか。朗報を待つべし」

用心棒の一人が左の手のひらに右の拳(こぶし)を打ちつけた。

「いや、黒闇魔様の表情を見るかぎり……」

住職がそこまで言ったとき、外で人の気配がした。

いくたりもいる。

「おう、帰ってきたか」

「首尾はどうだ」

用心棒が腰を上げた。

しかし……。

帰ってきたのは仲間ではなかった。

「御用だ」

「御用！」

闇を切り裂く声が響いた。

四

「やっちまってください、先生がた」

慈国和尚の声が響いた。

「おう。まずはおれだ」

初めの用心棒が前へ進み出た。

「われこそは百目鬼力三郎。いざ！」

抜刀し、ぎろりとにらみつける。

いやに目の大きい剣士だ。

「われこそは柳生新陰流免許皆伝、人呼んで陽月流、月崎陽之進なり。いかなる悪もわが剣が許さぬ。いざ、勝負！」

剣豪同心も抜刀する。

「ふふふ、ふふふふ……」

百目鬼力三郎がやにわに嗤った。

不気味な嗤い声だ。

それはまるで月崎同心の耳の奥で響くかのようだった。

「ふふふ、ふふふふ……」

さらに嗤う。

剣豪同心は目を瞠った。

百目鬼力三郎の両目がだんだん膨らんできたのだ。

いまにも眼窩から飛び出しそうだ。

「ふふふ、ふふふふ……」

剣を下段に構え、じりっと間合いを詰める。

月崎同心はその目を見てしまった。

それは、見てはならない目だった。

百目鬼力三郎は常ならぬ剣士だ。

目で妖術をかける。

「ふふふ、ふふふふ……」

頭の中で、嗤い声がわんわん響いた。

剣豪同心の背中を冷たい汗が伝った。

「ふふふ、ふふふふ……」

百目鬼力三郎の目がさらに膨らんだ。

もはや人ならざる姿だ。

そして……。

敵の剣が動く一瞬前に、鋭い声が響いた。


「陽之進どの！」

声を放ったのは、鬼与力だった。

ほかの用心棒と相対していた鬼与力は、月崎同心の異変に気づいた。

いつもと違う。

身の内から発せられる気が、いつもの剣豪同心のものとは違っていた。

その声を聞いて、陽月流の遣い手は我に返った。

間一髪だった。

百目鬼力三郎が下段から剣を繰り出していた。

「ぬんっ」

剣豪同心はからくも受けた。

あと一刹那(いっせつな)遅れていたら、恐らく肺腑(はいふ)をえぐられていただろう。

また背中を冷たいものが伝った。

嗤いが止んだ。

百目鬼力三郎の顔がゆがむ。

いまにも眼窩から飛び出しそうだった両目は旧に復した。

剣豪同心の前に立っているのは、ただのぎょろ目の偉丈夫だった。

「死ねっ」

敵はやみくもに剣を振るってきた。

妖術にさえかからなければ、剣豪同心の敵ではなかった。

がしっ、と受けて押し返し、間合いを取る。

「てやっ」

剣豪同心は引き面を打った。

間合いがあっても届く剣だ。

「ぐっ」

百目鬼力三郎がうめいた。

剣は敵の脳天をしたたかに打っていた。

用心棒はふらふらとよろめいた。

第一の用心棒はたちどころに捕縛された。

捕り方が群がる。

「神妙にしろ」

「御用だ」

五

同じころ――。

鬼与力も難敵と相対していた。

第二の用心棒は円蔵大蔵(えんぞうだいぞう)と名乗った。

その名のとおり、剣先で円を描く。

虚空に円を描くや、円蔵大蔵はふっと息吹をこめた。

すると不思議や、円はぶよぶよとした形をゆるゆると備えていった。

それが鬼与力にまとわりつく。

「えいっ」

剣を振り下ろせば、円は断ち切られて消える。

さりながら、もう次の円が生まれている。

次から次へと円が生まれ、鬼与力に向かってくる。

「これぞ円蔵流。生じよ、円」

敵は続けざまに虚空に円を描いた。

強烈なものではないが、生じた円は結界を有していた。中に入ってしまうと、力が殺がれる。

「消え失せよ」

鬼与力は剣を振るった。

そのたびに、いくらかなりとも力が殺がれていく。

次々にまぼろしの円を放ち、応戦させて相手を疲れさせ、隙が生じたところで満を持して攻撃に転じる。

それが円蔵流だった。

勝負が長引くと、敵の思う壺だ。

だが……。

ここで助太刀が入った。

剣豪同心だ。

百目鬼力三郎を倒した剣豪同心は、鬼与力が苦戦しているのを見て取った。

先ほどは危ういところを救ってもらったが、今度はおのれの番だ。

敵は妖剣だが、相対している者にしか術がかからない。離れたところから見ている剣豪同心には怪しい円は見えなかった。

用心棒の剣先がくるくると動いている。長谷川与力はどうやらその動きに幻惑されているようだ。

「平次、剣だけを見よ」

月崎同心はそう助言した。

「剣は一本だけだ。その大本を狙え」

剣豪同心の声を聞いた鬼与力は、はっとした顔つきになった。

敵の剣を見る。

剣先から生み出される怪しい円に幻惑されていたが、月崎同心の言うとおりだった。

敵の剣は一本しかない。

敵は一人しかいない。

見えた。

円蔵大蔵の顔がくきやかに見えた。

「てやっ」

半ば翔ぶがごとくに、鬼与力は前へ踏みこんだ。

剣が届いた。

妖剣の遣い手の額に、たしかに届いた。

「ぐわっ」

円蔵流の剣士が悲鳴をあげた。

「平次」

剣豪同心が助太刀に来る。

円蔵大蔵には、もはや反撃する力は残っていなかった。

六

用心棒は一人だけになった。

住職を護っていた長身の剣士だ。

「やっちまってください」

慈国和尚がうながした。

「おう」

最後の用心棒が前へ進み出た。

いやに長尺の剣を手にしている。

槍かと見まがうほどだ。

「われこそは長久保一刀斎。覚悟せよ」

用心棒が剣を構えた。

「いざ」

剣豪同心が迎え撃つ。

一刀流なら初太刀をしっかりと受け止め、長期戦に持ちこめばいい。敵は必ずどこかで隙を見せる。

陽月流の遣い手はそう考えた。

だが……。

案に相違した。

長久保一刀斎は長尺の剣を構えるばかりで、いっこうに攻撃しようとしなかった。

「いかがした。打てぬか」

月崎同心は挑発した。

長久保一刀斎はにやりと笑うと、蜻蛉（とんぼ）の構えを下げた。

剣先が剣豪同心の胸を向く。

「気をつけろ、陽之進どの」

ほかの小者の捕縛にかかっていた鬼与力が言った。

剣豪同心は気づいた。

遠くから振り下ろすための長尺ではない。

敵の必殺技は、突きだ。

そう悟った刹那、長久保一刀斎が動いた。

「きーえーい！」

化鳥（けちょう）のごとき声を発すると、敵は渾身（こんしん）の力をこめて剣を突き出してきた。

受けられる剣ではない。

かわせ。

剣豪同心は即座にそう判断した。

身が動く。

敵の必殺の突きを、剣豪同心は間一髪でかわした。

すぐさま返し技を繰り出す。

小手だ。

「ぐわっ」

一刀斎が声をあげた。

剣豪同心の剣は、敵の手首をものの見事に斬り裂いていた。

血しぶきが舞う。

陽月流の遣い手はかさにかかって攻めた。

「ぬんっ」

斬る。

袈裟懸けに斬る。

「てやっ」

とどめを刺す。

肺腑をえぐると、一刀斎はもふっと血を吐いて死んだ。

七

「黒閻魔さまっ、ご本尊っ」

住職がやにわに逃げ出した。

「待て」

鬼与力が追う。

慈国和尚は必死に逃げた。

本堂に上がり、黒閻魔が祀られている秘密の部屋を目指す。

途中で百匁蠟燭が倒れた。

火が寺に燃え移る。


黒閻魔よ。

闇を司るものよ。

われに力を与えたまえ。

江戸を火の海に沈めたまえ。

早口で呪文を唱えながら、住職は奥へ向かった。

「待て」

鬼与力が追う。

「もう袋の鼠だぞ」

剣豪同心も追いかけながら言った。

だが……。

あと一歩で追いつくというところで、慈国和尚は奥の秘密の部屋に逃れた。

本尊の黒閻魔を祀る場所だ。

「開けろ」

鬼与力が迫った。

しかし、中から錠を下ろしたらしい。扉は固く閉ざされたままだった。

黒閻魔よ。

われに力を与えよ。

江戸を火の海に沈めたまえ。

喝（かっ）！

住職の切迫した声が響いた。

しかし……。

火の手が上がったのは江戸の町ではなかった。

渋谷村の寺だった。

八

「燃えてますぜ」

小六が叫んだ。

「平次、危ない。火の手が回るぞ」

剣豪同心が言った。

まるで油でも撒（ま）いたかのように、火の手は急速に広がっていた。

「早く」

小六が急（せ）かせる。

「おう」

鬼与力は退却を始めた。

ほかの捕り方も続く。

「本堂から離れろ」

「崩れるぞ」

「危ない」

声が交錯する。

次の刹那――。

激しい火柱が噴き上がった。

火元は本堂の奥、秘仏が祀られていたところとおぼしい。

「伏せろ。頭を手で覆え」

剣豪同心が言った。

おのれもそのとおりにする。

割れた瓦が飛んできた。

燃えた柱の破片もだ。

慈国寺は炎上した。

夜空を焦がして火柱が立つ。

「逃げろっ」

「危ないぞ」

怒号が飛び交う。

剣豪同心は立ち上がり、炎上する寺から離れた。

「気をつけろ。崩れるぞ」

鬼与力も続く。


われは死せず……


闇の中で、声が響いたような気がした。

住職の声だ。


黒閻魔よ……

江戸を火の海に沈めたまえ……

ひときわ激しい火柱が噴き上がった。
慈国寺の本堂は、ほどなく燃えつきた。

第八章　塩焼きと焼き飯

一

三日後――。

剣豪同心と鬼与力の姿は、松川町の自彊館にあった。

さりながら、いつものように火が出るような稽古は行わなかった。型をさらっただけで、早めに切り上げた。

「今日はこれまで」

月崎同心がひき肌竹刀を納めた。

「はっ」

長谷川与力が続く。

「もう終わりか」

道場主の芳野東斎が意外そうに言った。

「はい。今日は動き休みで」

月崎同心は答えた。

「そうか。毎度、激しい稽古では身が持たぬからな」

道場主がうなずく。

「三日前に捕り物があったばかりゆえ」

長谷川与力が伝えた。

「なるほど。それなら動き休みがよかろう」

芳野東斎が表情をやわらげた。

動き休みはただの休みではない。

いま二人が行ったように、軽めに身を動かす。それによって、疲れがかえって取れる。全きまでに休んでしまうより、適度に動いたほうがほどよく疲れが取れる。それが動き休みの極意だ。

剣豪同心も鬼与力も、捕り物で奮戦した。その疲れを取るために、道場では型稽古だけにとどめ、動き休みを取り入れることにしたのだった。

「では、次は打ちこみを」

月崎同心が言った。

「お待ちしております」

師範代の二ツ木伝三郎が笑みを浮かべた。

二

その日の膳の顔は鯵の塩焼きだった。

塩加減が良く、飯が進むひと品だ。

これに、具だくさんの味噌汁、金平牛蒡とお浸しの小鉢と香の物がつく。いつもながら、食べごたえのある膳だ。

「精をつけとかなきゃ」

「この膳でもうひと気張り」

江戸屋の駕籠かきたちの箸が動く。

剣豪同心と鬼与力も、一献傾けながら膳を食していた。

「寺の後始末はおおむね終わったのですが」

長谷川与力がいくらかあいまいな顔つきで言った。

「何か異なところでもあったのか」

それと察して、月崎同心が問うた。

「ええ。寺の奥までくまなく探索したのですが、住職のむくろはついに見つからなかったんです」

鬼与力が答えた。

「ふむ」

剣豪同心は箸を止めた。

火事跡の検分は火盗改方の役目だ。町方はいっさい関わっていない。

「本尊はどうだ」

「黒閻魔（くろえんま）ですか」

長谷川与力が問うた。

「そうだ。本尊までなくなっていたとか、そういうことはなかろうな？」

剣豪同心は念のために確認した。

「ええ。だいぶ煤（すす）けてはいましたが、隠し部屋のようなところに本尊らしきものが据えられていました」

鬼与力が答えた。

「いわくつきの閻魔のようだから、いずれ法要でも営んだほうがいいかもしれぬな」

月崎同心はそう言うと、塩焼きの鯵を胃の腑に落とした。

そこで二人の男が飯屋ののれんをくぐってきた。

閂の大五郎親分と猫又の小六だった。

三

「できましたぜ、かわら版」

小六が刷り物を渡した。

「地獄の火消しと寺の正体が書かれてまさ」

大五郎親分が言った。

「そりゃ、おいらも一枚」

「あとで見せてくんな」

駕籠かきたちも言った。

剣豪同心と鬼与力はかわら版に目を通した。

こんな文面だった。

地獄の火消し、退治さる

半纏（はんてん）に「獄」と染め抜かれし怪しき火消しが江戸の町を跳梁（ちょうりょう）せり。地獄の獄組が現れしところ、たちまち火事が生ぜり。

こはいかに、さては火消しならぬ火付けならん。

さういふ疑ひを、その筋の者たちは抱きたり。

やがて捕り網が絞られ、獄組の正体が判明せり。

渋谷村一帯を縄張りとする「こ組」。それが獄組の正体なり。

さて、地獄の火消しどもを操（あやつ）り、江戸の町を火の海に沈めんとせし者がをり。

渋谷村の慈国寺の住職、慈国和尚がその悪者なり。

慈国寺とは表の顔で、その正体は地獄寺なりき。


「うわ、地獄寺だってよ」

「おっかねえな」

駕籠かきたちの声が響く。

ほかの客も群がってきた。

かわら版はこう続く。


地獄寺ではあまたの用心棒も飼はれてゐをり。

いづれ劣らぬ腕自慢の用心棒なれど、町方と火盗改方が力を合はせ、ことごとく成敗せり。

地獄の火消しのねぐらと化してゐた慈国寺は、天罰が下りしか、炎上して焼け果てたり。

江戸の民はやうやく枕を高うして眠れるならん。

善哉、善哉。


「このあと、麹町のや組にも届けてきまさ」

小六が言った。

「おう、そうしてやれ」

月崎同心が言った。

「火事で亡くなった火消しの、せめてもの供養になるだろう」

長谷川与力も和す。

「そうですな。祝言（しゅうげん）も決まってて、これからってときに」

大五郎親分がしんみりした口調で言った。

や組の忠吉という若い火消しが、不幸にも職に殉（じゅん）じた。前にかわら版になったから、みな知っている。

「弔（とむら）い合戦にはなったかな」

剣豪同心がそう言って、猪口（ちょこ）の酒を呑み干した。

「お身内がうちに来てくださったら、精一杯歓待させていただきますので」

おかみのおはなが言った。

「気張ってつくるんで」

あるじの仁次郎も和す。

「伝えてきまさ」

小六が請け合った。

四

翌日の昼下がり――。

駕籠屋のほうの江戸屋に、猫又の小六が顔を出した。

小六は四人の男を案内してきた。二人は火消しの半纏をまとっていた。

背に「や」と染め抜かれている。麹町のや組のかしらと纏持ちだ。

あとは四十がらみの男と、せがれとおぼしいよく似た顔の若者だった。

「亡くなった火消しのおとっつぁんと弟で」

小六はそう紹介した。

「ああ、かわら版に載ってた火消しさんの」

おかみのおふさが感慨深げにうなずいた。

「忠吉のおとっつぁんと弟で」

や組のかしらが改めて紹介した。

「天水桶の職人の忠太郎とせがれの忠助で」

職に殉じた忠吉の父が名乗った。

「このたびは大変な日に遭われましたな」

甚太郎が気の毒そうに言った。

「お悔やみ申し上げます」

おふさが頭を下げる。

「で、死んだ兄貴の跡を継いで火消しになりてえって言うもんで」

忠太郎が忠助のほうを手で示した。

「またかわら版の種になるかと思って、飯屋で話を訊こうかと」

小六が言った。

「そりゃあ、兄ちゃんが護ってくれるだろう」

甚太郎が声をかけた。

「うん」

まだわらべに毛が生えたような感じの忠助が答えた。

「『うん』じゃなくて『はい』だろう」

かしらがすかさず言った。

「あ、はい」

忠助が言い直したから、少しばかり和気が漂った。

ちょうどここで、跡取り息子の松太郎と泰平の駕籠が帰ってきた。駕籠かきたちにも小六が手短に紹介する。

「そうかい、兄ちゃんの跡を継いで火消しになるのかい」

松太郎が忠助に言った。

「はい。気張ってやりますんで」

忠助は答えた。

「気張ってやりな」

泰平も励ました。

「なら、飯屋でくわしい話を」

小六が身ぶりをまじえた。

一同は駕籠屋から飯屋に移った。

五

「おいらは不承知だったんですがね」

忠太郎はそう言って、いくらか苦そうに猪口の酒を呑み干した。

「慣れねえうちは、危ねえつとめには出しませんから」

や組のかしらが言った。

「当分は見廻りについていくだけなんで」

纏持ちも言う。

忠助がどうしても兄の跡を継いで火消しになりたいと言うからや組につないだものの、せがれに火事場で死なれたばかりだ。忠太郎が不承知だったのも無理からぬ話だった。

「本当は天水桶づくりを継いでもらいたかったんだが、うまくいきませんや」

忠太郎は苦笑いを浮かべた。

「天水桶は火事に縁があるから、忠吉は火消しの道を選んだんですな」

や組のかしらがそう言って、穴子の蒲焼きを口中に投じた。

今日の膳の顔だ。

蒲焼きは鰻もうまいが、穴子もいける。秋には秋刀魚もいい。竹輪の蒲焼きも酒の肴になる。

膳には生姜と豆と油揚げの炊き込みご飯、それに、豆腐と葱の味噌汁、青菜の胡麻和えに香の物がつく。これで二十文なら毎日通いたくなる膳だ。

「そのとおりで。当人は喜んでたんですが」

忠太郎はそう言うと、炊き込みご飯を控えめに胃の腑に落とした。

「祝言も間近で、いつも嬉しそうにしてたんだがな」

纏持ちが悔しそうに言う。

「先方もさぞや気落ちを」

小六が言った。

かわら版の種にするべく、紙と筆を手回しよく準備している。

「せがれの嫁になるはずだった娘さんには言ったんでさ。おまえさんはこの先の人生が長い。せがれに操を立てて、一生泣いて暮らしたりしてくれるな。いまはつれえかもしれねえが、涙が涸れたら笑顔になって、いずれだれかいい人に添って、今度こそ幸せになりなと、言ってやったんでさ」

忠太郎はそう言って続けざまに瞬きをした。

「娘さんはどう言ってましたかい」

小六が訊いた。

「いや、まだ泣くばっかりで……」

天水桶づくりの職人は目元に指をやった。

小六がさらさらと筆を走らせる。

「無理もねえや」

や組のかしらがうなずいた。

「時が何よりの癒やしだからよ」

近くにいた古参の駕籠かきの巳之吉が言った。

為吉とおすみの出前駕籠の控えとしてまだつとめているが、出番はあまりない。

遠くまで担ぐのはもうつらいので、近場の客だけたまに運んでいる。

「いいこと言うじゃねえか、おやっさん」

若い駕籠かきが言った。

「そのとおりで。時が癒やしになりまさ」

忠太郎はそう言うと、また猪口の酒を呑み干した。

そのとき、のれんがふっと開き、山吹色の鉢巻きを締めた男が入ってきた。

「まあ、だれかと思ったら」

おはなが笑みを浮かべる。

飯屋に姿を現したのは、江戸屋の駕籠かきに身をやつした月崎同心だった。

六

自彊館で稽古をするときは着流しで来て道着に改めるが、月崎同心の本職は隠密廻りだ。さまざまななりわいに身をやつして江戸の町を見廻る。山吹色の鉢巻きを締め、江戸屋の駕籠かきに扮（ふん）することも多かった。

「そうかい。兄貴の跡を継ぐのかい」

話を聞いた月崎同心が言った。

「はい。いつか兄ちゃんみたいな一人前の火消しに」

忠助はしっかりと答えた。

「その心がけがありゃあ、きっとなれるぜ」

剣豪同心が白い歯を見せた。

「忠吉の弟ってことで、みなかわいがってるんで」

や組のかしらが言った。

「ありがてえこって」

忠太郎が軽く両手を合わせた。

「おう、おれの払いでうめえもんを食わせてやってくんな」

月崎同心は厨（くりや）に向かって言った。

「なら、だし巻き玉子でもつくりましょう」

仁次郎が答えた。

「玉子は値が張るから、うちでは食えねえぞ」

忠太郎がせがれに言った。

「だし巻き玉子なんて、食ったことがねえや」

忠助は包み隠さず言った。

「だったら、多めにつくってやんな。門出の祝いみてえなもんだからよ」

月崎同心は笑みを浮かべた。

「承知しました。大きめの皿で出しましょう」

飯屋のあるじがすぐさま答えた。

仁次郎の手が小気味よく動き、だし巻き玉子を鮮やかに巻き上げた。

「おろしを頼む」

弟子の吉平に言う。

「承知で」

ねじり鉢巻きの若者がいい声で答えた。

「お待たせいたしました」

おはなが皿を運んできた。

「おう、こりゃ豪勢だな」

と、同心。

「わあ」

忠助が声をあげた。

「お醬油をたらした大根おろしを添えて食べてね」

おはなが忠助に言った。

「はい」

さっそく箸が動く。

「独り占めでいいぞ」

「おめえのだからな」

や組のかしらと纏持ちが言った。

小判に見立てたつややかなだし巻き玉子に大根おろしを載せ、口に運ぶ。

「うめえ」

食すなり、忠助が声をあげた。

「どんどん食え」

月崎同心が身ぶりをまじえた。

「はいっ」

いい声で答えると、兄の跡を継ぐ火消しはまた箸を動かした。

七

翌日の膳は焼き飯だった。

ほぐした干物や葱や豆や蒲鉾（かまぼこ）などを具にした焼き飯は、富士のお山かと思われるほどの盛りの良さだ。これに負けず劣らず具だくさんのけんちん汁がつく。

はあん、ほう……

はあん、ほう……

出前駕籠が戻ってきた。

為吉とおすみの夫婦駕籠だ。

「おっ、出迎えかい」

為吉が猫たちに声をかけた。

「はあんも遊びに来てるのね」

おすみが指さした。

飯屋の猫のみやとそのせがれのさばだけではない。駕籠屋のはあんも一緒にのんびりしていた。心がなごむ景色だ。

「ご苦労さま」

おはなが出前の労をねぎらった。

「好評でしたぜ。だれも残さず食ってくれました」

為吉が伝えた。

京橋の大店に届けて器を戻しに来たところだ。

「それは何より」

飯屋のおかみが笑顔で答えた。

ひと仕事終えた二人は駕籠屋に戻ってひと息入れた。

「なら、もう一膳、食べてこようかしら」

茶を呑んでいたおすみが言った。

「もう一膳って、相変わらず軽く言うなあ」

為吉があきれたような顔つきになった。

「わたしは小盛りにしてもらったけど、それでも大変で」

おふさが帯に手をやった。

「こいつなら軽いんで」

為吉が笑って言った。

「おっ、大食いがもう一人」

あるじの甚太郎が指さした。

駕籠屋に入ってきたのは、大五郎親分だった。

だが……。

十手（じって）持ちの表情はいつもと違った。

「大変（てえへん）だぞ」

門の大五郎が言った。

「どうかしたんですかい？　親分さん」

甚太郎が問う。

十手持ちはひと呼吸置いてから答えた。

「地獄の火消しがまた出やがったんだ」

第九章　邪気祓い(ばら)の社(やしろ)

一

「地獄の火消しって、退治されたんじゃなかったんですかい」

為吉が驚いたように言った。

「かわら版にそう書いてありましたが」

おすみも言う。

「どこに出たんです？」

甚太郎がたずねた。

「山王権現(さんのうごんげん)の門前だ。いくたりも見てるから、気のせいじゃねえらしい」

大五郎親分が答えた。

現在は日枝神社(ひえじんじゃ)のほうが通りがいい。門前にはずらりと見世(みせ)が並んでいる。

「だれかのやつしってことはないんでしょうか」

おふさが問うた。

「んなことをやったって、何の得になるんでい、おかみ」

十手持ちが言った。

「そりゃまあそうですけど」

おふさはあいまいな顔つきになった。

「また悪さをするつもりでしょうか」

おすみが眉をひそめたとき、また人が入ってきた。

月崎同心と猫又の小六だった。

「どうもまた、きな臭くなってきやがったな」

剣豪同心が言った。

「渋谷村のほうでも出やがったんで」

小六が親分に言う。

「地獄の火消しがか？」

門の大五郎が問うた。

「そのとおりで。やつらは一網打尽になったんで、出られるわけがねえんですが」

小六が首をひねった。

「まあ何にせよ、飯屋で相談だ」

月崎同心が言った。

「へい」

「承知で」

十手持ちとその子分の声がそろった。

二

その日の膳は天丼だった。

穴子と海老(えび)がこれでもかと入っている。蓋(ふた)をするのも難儀なほどの盛りの良さだ。

それを食しながら、三人は飯屋の隅のほうで相談を始めた。

「生身の人間が相手だったら、捕り方の網を張ればいいんだが」

月崎同心がそう言って、大ぶりの海老天をさくっと嚙(か)んだ。

「旦那(だんな)はいくらでもたたき斬(き)れますからな」

大五郎親分がたれのしみた飯をわしっとほおばる。

「親分だって、敵がだれかが操るまぼしろか生霊のたぐいだったら、張り手を見舞うわけにもいかねえでしょう」

小六が身ぶりをまじえる。

「そりゃ、空を切るばっかりだからよ」

元力士は苦笑いを浮かべた。

「さばおりや閂も効かぬな」

と、同心。

「骨がなきゃどうしようもねえんで」

大五郎親分はそう言うと、今度は穴子の天麩羅を胃の腑に落とした。

「で、どうするんですかい、旦那」

小六がいくらか声を落として問うた。

「残念ながら、町方には手立てがねえ。こういうときは火盗改方だな」

剣豪同心は答えた。

「火盗改方も似たようなもんじゃねえんですかい？」

大五郎親分が汁を啜る。

汁をかくなりわいの客のために、濃いめの味つけだ。今日の具は豆腐と油揚げと葱だけだが、どれも筋が良くてうまい。

これに青菜の胡麻和えと香の物がつく。小皿に盛られている香の物は梅干しと沢庵だから彩りもいい。おもにおはなが仕込んでいる江戸屋の香の物は、それだけで三杯飯をいけるというもっぱらの評判だ。

「そうでもねえんだ」

残りの海老天を食してから、月崎同心は続けた。

「町方と違って、火盗改方は武家地や寺方などにも踏みこんで悪者を召し取ることができる。そのあたりで、町方にはない人脈を持っている」

剣豪同心は言った。

「たとえば、どんな人脈ですかい」

大五郎親分がたずねる。

「邪気を祓う神官などもいると聞いた。怪しいものを祓うにはもってこいじゃねえか」

月崎同心はにやりと笑った。

「なるほど。そっちに任せまさ」

大五郎親分が笑って言った。

「とにかく、平次と相談だな」

剣豪同心はそう言うと、今度は穴子に箸を伸ばした。

三

翌日――。

自彊館で稽古を終えた剣豪同心と鬼与力は、着替えてから飯屋に向かった。

ちょうど義助とおはるが寺子屋から帰ってきたところだった。

「おう、気張って通ってるか？」

月崎同心が飯屋の跡取り息子に声をかけた。

「うん。これから見世の手伝いもするんだよ」

義助が答えた。

「わたしもちょっとやる」

おはるも言う。

「膳運びをか？」

長谷川与力が問うた。

「ちょっとだけ」

まだ九つの娘が答えた。

「ひっくり返すなよ」

同心が笑みを浮かべる。

「うん」

おはるは元気ようなずいた。

飯屋の前では、みやとさばが親子でのんびりしていた。

「おう、また来たぜ」

月崎同心は猫に声をかけてからのれんをくぐり、長谷川与力とともに奥に陣取った。

今日の膳の顔は鯛の刺身だ。

桜鯛の季節は去ったが、まだまだうまい。そろそろ初鰹(はつがつお)の話がちらほら聞かれる時分だが、江戸屋で出せるくらいの値になるのはしばらく先だ。

「で、そちらの切り札の件だが」

月崎同心が箸を止めて切り出した。

「切り札ですね？」

長谷川与力はそう言って刺身をひと切れ口中に投じた。

「そうだ。邪気を祓う神官が人脈にいると聞いたが」

声を落として剣豪同心が訊いた。

「あまり世には知られておりませんが、ひそかにこの江戸を護っている古さびた神社があります。そこの宮司に一度面会したことがあります」

鬼与力が答えた。

「地獄の火消しどもを操っていた慈国寺の住職のむくろが見つからなかったのがどうしても気になる。焼け果てた寺の奥にいたのだから、普通は落命し、むくろが見つかるはずなのだが」

剣豪同心が厳しい顔つきで言った。

「宮司に検分のうえ邪気を祓っていただければ、それが何よりなのですが」

長谷川与力がそう言ってまた箸を動かした。

「その神社はどこにある？」

声を落としたまま、月崎同心がたずねた。

「渋谷村には近いです」

と、与力。

「どこだ」

同心はさらに問うた。

「角筈村です」

鬼与力が答えた。

四

角筈村なら、渋谷村はすぐそこだ。

もし神官が慈国寺の焼け跡を訪れ、悪しきものを封印してくれるのなら、もう二度と地獄の火消しは現れないだろう。

「まずは神社を訪ねることだな」

剣豪同心が言った。

「では、段取りを整えて一緒に参りましょう」

鬼与力が答える。

「角筈村なら、野稽古もできそうだ」

同心が乗り気で言った。

「それはいいですね」

与力がすぐさま答えた。

話はまとまった。

膳もきれいに平らげられたところで、おはるが盆に湯呑みを載せて運んできた。

お茶のお代わりだ。

いくらか離れたところから、母のおはなが心配そうに見守る。

「おう、運んできてくれたのかい。偉え（えれ）な」

月崎同心が笑顔で言った。

「看板娘だな」

長谷川与力も笑みを浮かべる。

「ありがとよ」

「ご苦労さん」

剣豪同心と鬼与力が湯呑みを受け取った。

おはるはほっとした顔つきになった。

「おっ、お運びをやってるのかい」

「おいらの膳も運んでくんな」

ちょうど入ってきた駕籠(かご)かきたちが言った。

「お膳は重くない？」

兄の義助が気遣(きづか)う。

「ゆっくりなら」

おはるは答えた。

ややあって、小さい看板娘が膳を運んできた。

「気をつけな」

「ゆっくりでいいぜ」

声が飛ぶ。

「さば、ちょろちょろするな」

見守っていた仁次郎が猫に言った。

「そうそう、ゆっくり」

兄の義助が心配そうに付き添う。

「よし、ありがとよ」

駕籠かきが盆を受け取った。

「よくできたな」

月崎同心がほめると、おはるは花のような笑顔になった。

五

角筈村の外れに、こんもりとした杜(もり)がある。

その樹木に護られるようにして、古さびた社(やしろ)が建っていた。

比自岐(ひじき)神社だ。

剣豪同心と鬼与力は、悪霊封じや邪気祓いの社として知る人ぞ知るこの神社をたずねた。

宮司と少数の神官が護る神社には清浄の気が漂っていた。鳥居をくぐっただけで身が洗われるような心地がする。

宮司の名は浄空(じょうくう)だった。

名にふさわしい空色の狩衣(かりぎぬ)と白袴(しろばかま)がよく似合う、いまだ少壮の宮司だ。

若いとはいえ霊力には疑いがないらしい。剣豪同心と鬼与力が訪ねてくることも、あらかじめ分かっていたようだった。

来意を告げ、ここまでのいきさつを詳しく伝えると、涼やかなまなざしの宮司はいくたびもうなずきながら聞いていた。

「というわけで……」

月崎同心は、弟子の神官から出された湯呑みの茶を少し啜ってから続けた。

「渋谷村の慈国寺の和尚が操っていた地獄の火消したちは、一網打尽になっています。まぼろしでもなければ、また江戸の町に出るはずがない」

剣豪同心が首をかしげる。

「やはり、だれかがまぼろしを操っているのでしょうか」

鬼与力がたずねた。

「渋谷村の慈国寺は、わたくしも気にかけておりました」

浄空が答えた。

「行ったことは？」

同心が訊く。

「いえ、行ったことはないのですが、江戸を護る霊的な絵図のごときものがございましてね」

比自岐神社の若き宮司が答えた。

「霊的な絵図」

月崎同心が復唱した。

「それはいかなるものでしょうか」

長谷川与力が少し身を乗り出した。

「通常の切絵図と霊的な絵図は違います。鬼門を護る神社仏閣などは大きな城のごときものとして描かれています」

神官は身ぶりをまじえた。

「なるほど」

月崎同心がうなずいた。

「その霊的な絵図に、実は、封印されるべき剣呑（けんのん）な場所として渋谷村の慈国寺が記載されているのです」

浄空はそう明かした。

「封印されるべき剣呑な場所ですか」

鬼与力が腕組みをした。

「慈国寺の正体は地獄の寺の地獄寺、その本尊は黒閻魔（くろえんま）です。たしかに、封印されるべき剣呑な場所かもしれません」

宮司に向かって、剣豪同心が言った。

「黒閻魔ですか」

浄空が眉根を寄せた。

「そうです。門外不出の秘仏で、御開帳はされません。寺は焼けましたが、だいぶ煤けてはいるものの、黒閻魔はまだ残っています」

月崎同心がそう伝えた。

「その目でごらんになったわけですね？」

と、浄空。

「ええ、見ました」

同心はうなずいた。

「本尊は残っているものの、住職のむくろはついに見つからなかったのです」

長谷川与力が言った。

「そして、その後、まぼろしかと思われる地獄の火消しがまた目撃されるようになった次第で」

剣豪同心が厳しい顔つきで言った。

「分かりました」

比自岐神社の宮司のまなざしが鋭くなった。

「支度を整え、封印にまいりましょう」

浄空はきっぱりと言った。

「それはありがたい。いつになりましょうか」

剣豪同心がたずねた。

「封印のための道具に祝詞（のりと）を唱えながら息吹をこめなければなりません。そもそも、悪しきものが跳梁（ちょうりょう）するのは日が暮れてからです。今夜まいりましょう」

若き宮司の声に力がこもった。

「承知しました。われらは野稽古をしておりますので」

剣豪同心はようやく少し表情をやわらげた。

六

本殿には上がらなかったが、小六も比自岐神社に来ていた。火盗改方の小者とともに境内（けいだい）で話が終わるのを待っていた。

「おまえはどちらでもいいぞ。捕り方につなぐつとめなどはねえからな」

月崎同心が元猫又に言った。

「うーん、地獄の寺に夜討ちですかい」

さすがの小六もやや及び腰だった。

「宮司さんがついているから、案ずることはないと思うが」

長谷川与力が言った。

「かわら版の種にはもってこいだぞ」

剣豪同心が笑みを浮かべる。

「そう言われたら、ここで引き下がるわけにも」

下っ引きだが、本職はかわら版づくりみたいな男が答えた。

「よし。なら、街道筋へ引き返して夜戦に備えて腹ごしらえをしてから、どこかで野稽古だな」

陽月流の遣い手は剣を振り下ろすしぐさをした。

「おまえは役宅につないでくれ。今夜は悪霊退治で帰れないとな」

鬼与力が小者に言った。

「承知しました。では」

小者はすぐさま去った。

「日が暮れるにはまだかなりある。とはいえ、江戸屋へ行くわけにもいかぬからな」

月崎同心が笑みを浮かべた。

街道筋に出るには出たが、角筈村は開けていない場所だ。なかなか適当な見世が見つからなかった。

やむなく内藤新宿（ないとうしんじゅく）へ行き、茶飯とうどんを出す見世に入った。

「江戸屋のありがたみがよく分かるな」

うどんをいくらか食した月崎同心が苦笑いを浮かべた。

「たしかに」

長谷川与力も続く。

「江戸屋のうどんはこしがあってうめえから」

小六があいまいな表情で言った。

内藤新宿の見世で出されたうどんはこしがなく、つゆにもこくが乏しかった。

茶飯ももう一つだが、とにかく胃の腑を満たしておかねばならない。

「うどんばかりじゃない。ほうとうもうまいし、蕎麦（そば）も打てる。飯屋のあるじは武芸百般だ」

月崎同心はそう言って、味がいま一つのうどんを胃の腑に落とした。

「なら、野稽古のあいだ、おいらは慈国寺への近道を調べてまさ」

小六が言った。

「おう、頼む。それがこのたびのつとめだ」

上役が言う。

「合点で」

小回りの利く男はいい声で答えた。

七

走る、走る。

小川の土手を二人の男が走る。

先を行っていた剣豪同心が振り向き、やにわに抜刀した。

間合いを取り、鬼与力も続く。

「型だけだ、平次」

剣豪同心が言った。

「はっ」

鬼与力は短く答えた。

自彊館では怪我をせぬようにひき肌竹刀を用いている。木刀も禁じられているのに、真剣での稽古などもってのほかだ。

ましてや足場の悪い土手だ。真剣で型をさらうだけでもぐっと気を集中しなければならない。

「てやっ」

剣豪同心は虚空を袈裟切りにした。

「とおっ」

鬼与力も続く。

臍下丹田に力をこめ、身を正しく持して剣を振るう。

そのうち、剣豪同心はふとあることをひらめいた。

さっそく試す。

「臨！」

剣豪同心は初めの一字を発した。

九字だ。

「兵!」

鬼与力が応じる。

このあたりは阿吽の呼吸だ。

「闘!」

剣豪同心の剣が鋭く虚空を切る。

魔除けの九字を切る方法にはいくつかある。印を結ぶやり方もあるが、手で見立てた刀を素早く動かす方法が最も知られている。早九字による護身法で、破邪の法とも呼ばれていた。

それを手刀ではなく、鍛錬を兼ねて真剣で行うのが陽月流の遣い手のひらめきだった。

「者!」

「皆!」

剣豪同心と鬼与力の剣が動く。

「陣!」

「列!」

目の前に立ちはだかる悪しきものを斬るがごとき気合で腕を振り下ろす。

「在（ざい）！」

「前（ぜん）！」

九字を切り終えると、剣豪同心と鬼与力は刀を納め、再び土手を走り出した。

走る、走る。

月崎陽之進が走る。

走る、走る。

長谷川平次が走る。

どちらの足さばきも、ほれぼれするほどの動きだった。

野稽古は終わった。

剣豪同心と鬼与力は土手から小川に下りてのどをうるおした。

「だいぶ日が西に傾いてきたな」

月崎同心が赤く染まってきた空を指さした。

「いよいよです」

長谷川与力が同じほうを見据える。

鴉（からす）が数羽、甲高（かんだか）い声を発しながら舞っていた。

何がなしに不吉な光景だ。

「よし、帰るか。宮司の支度も整っただろう」

剣豪同心が腰を上げた。

「そうしましょう」

鬼与力も続く。

「旦那ーっ」

帰る途中で声が響いた。

小六だ。

急ぎ足で近づいてくる。

「おう、近道は分かったか」

月崎同心がたずねた。

「任せてくだせえ」

小六はいい声で答えた。

「これで支度は整ったな」

剣豪同心が白い歯を見せた。

第十章　決戦、地獄寺

一

夜鳥が鳴いている。

角筈村から渋谷村へ向かう夜道で、提灯の灯りが揺れていた。

提げているのは小六だ。

剣豪同心と鬼与力は夜稽古で鍛えている。わずかな灯りでも正しく歩くことができる。

「そろそろ本道と合流しまさ」

先導していた小六が言った。

「寺は近いな」

月崎同心が言った。

「へい」

小六が短く答えた。

浄空の口が動いている。

低い声で唱えているのは祝詞(のりと)だ。

まだここぞという場面ではないが、結界を張って神の援(たす)けを得るべく、比自岐(ひじき)神社の宮司(ぐうじ)は祝詞を唱えつづけていた。

その手に握られているものがあった。

神杖(しんじょう)だ。

先端には光を宿すものが取りつけられていた。

水晶玉だ。

月光を宿す清浄な玉からは凜(りん)とした気が放たれていた。

一行は粛々(しゅくしゅく)と進んだ。

「あれでさ」

小六が行く手を指さした。

「見えてきたな」

剣豪同心が言った。

焼けたとはいえ、まだかろうじて奥のほうの建物の形は残っていた。

またひとしきり夜鳥が鳴く。


引き返せ……

引き返せ……


まるでそう警告するかのようだった。

二

「着きました」

鬼与力が言った。

最後の討伐隊とも言うべき一行は、正体が地獄寺である場所に着いた。


「これは……」

浄空は絶句した。

慈国寺の本堂はおおむね焼け落ちていた。わずかに残っているのは、本尊の黒闇魔（くろえんま）を安置する奥の部分だけだ。

そのあたりから、ただならぬ気配が漂っていた。

「どうしました、宮司」

月崎同心が声をかけた。

「封印せねばなりません、一刻も早く」

我に返った顔つきで、比自岐神社の宮司が答えた。

「封印を」

剣豪同心がうなずく。

「それはお任せします」

鬼与力が頭を下げた。

「おいらにゃ手も足も出ねえんで」

小六がやや及び腰で言った。

「みなさんにも祝詞を唱えていただきましょう。いたって短いもので結構です」

浄空は引き締まった表情で言った。

「長いものは宮司さんが唱えるわけですね」

長谷川与力が問う。

「そのとおりです。短いものなら、十言神咒がいいかもしれませんが」

　宮司は少し首をかしげた。

「それはどういうものです？」

　今度は月崎同心がたずねた。

　一つ咳払いをすると、浄空は朗々たる声で手本を示した。


　あーまーてーらーすーおーほーみーかーみー

　周りがたちどころに浄化されていくかのような声だ。

「天照大神が十音で成り立っているところから、十言神咒の名がつきました」

　浄空はそう解説した。

「これなら、おいらでも憶えられまさ」

　小六が笑みを浮かべた。

「では、みなこの短い祝詞を？」

　鬼与力が訊く。

「できれば、もう少し長めの祝詞を唱えていただければ幸いです」

宮司が答えた。

「教えてください」

剣豪同心がすぐさま言った。

「承知しました。何度か復唱して憶えましょう。では」

浄空はもう一つの祝詞を唱えだした。

とほかみゑみため

かんごんしんそんりこんだけん

はらひたまひきよめたまへ

闇の芯にまで響きわたる声だ。

「一度では無理だな」

月崎同心は苦笑いを浮かべた。

「三種大祓です」

浄空が言った。

「いかなる効用があるのでしょう」

長谷川与力がたずねた。

「一行目は天つ神、二行目は国つ神、三行目は人。天地人のお祓いをする万能の祝詞です。わたくしはさらに秘呪を唱えます。それによって、悪しきものを封印し、世の安寧を保ちます」

比自岐神社の宮司の声に力がこもった。

「なるほど。では、もう一度」

浄空がうながした。

「気を入れていけ、平次」

剣豪同心が言った。

「はっ」

鬼与力の表情がひときわ引き締まった。

とほかみ　ゑみため
かんごんしんそん　りこんだけん
はらひたまひきよめたまへ

ややあって、祝詞の声がきれいにそろった。

これで準備は万端となった。

三

浄空を先頭に、ほぼ焼けた慈国寺、いや、地獄寺の奥へと進んだ。

「足元に気をつけてください」

先導する宮司が言った。

一行は慎重に奥へ進んだ。

一歩進むごとに悪しき気配が濃くなる。

闇がひときわ深くなる。

「あれですね」

宮司の神杖が動いた。

先端の水晶玉から放たれる光が闇の芯を照らす。

「うわっ」

提灯をかざした小六が声をあげた。

黒閻魔が浮かびあがったのだ。

つくった者が像のあまりの恐ろしさに気がふれて、おのれの目に鑿を突き立てたという逸話もむべなるかなという表情だった。

「いまにも叫びだしそうだな」

剣豪同心が言った。

「まるで生きているかのようです」

鬼与力が和す。

「奥から気配がします」

浄空が踏みこんだ。

その刹那――。

わずかに地鳴りがしたかと思うと、嗤い声が響きはじめた。


ふふふ……

ふふふふ……

それは本堂の奥から聞こえてきた。

「出てこい、住職」

剣豪同心が鋭く言った。

浄空が印を結ぶ。

「あーまーてーらーすーおーほーみーかーみー」

小六が十言神咒を唱えた。

「ここは、地獄ぞ」

本堂の奥から、しゃがれた声が響いてきた。

慈国和尚だ。

寺は焼けたのに、住職のむくろはついに見つからなかった。

やはり生きていたのか。

月崎同心はぐっと気を集めた。

ふふふ……

ふふふふ……

またしても嗤いが響いた。

しかし……。

嗤っているのは住職ではなかった。

黒閻魔だった。

四

「うわっ！」

小六が叫んだ。

煤けた黒閻魔の両目が、やにわに、カッと見開かれたのだ。

およそありえないことだった。慈国寺の本尊は人の手で彫られた閻魔像だ。その目が見開かれることはありえない。

だが……。

ここはもはや慈国寺ではなかった。

地獄寺だ。

何が起きても不思議ではない。

「こりゃいけねえ」

そう言うなり、小六は脱兎（だっと）のごとくに逃げ出した。

「小六！」

月崎同心が声をかけたが、振り向くこともなかった。

「あっ、閻魔が」

長谷川与力が指さした。

両目を開いた黒閻魔の顔つきが少しずつ変容しはじめたのだ。

ひふみ
よいむなや
こともちろらね

浄空の朗々たる声が響いた。

「ひふみ祓詞（はらえことば）」だ。

しきる
ゆゐつわぬ

そをたはくめか

先端に水晶玉が付いた神杖を動かし、円や螺旋を素早く描きながら祝詞を唱えていく。

うおえ

にさりへて

のますあせゑほれけ

一つも重なることのないいろは四十七文字で成り立っている。最も簡明にして、最も浄める力の強い祝詞だ。

とほかみ　ゑみため

かんごんしんそん　りこんだけん

はらひたまひきよめたまへ

剣豪同心と鬼与力も祝詞を唱えた。

三種大祓だ。

しかし……。

変容しつつある黒閻魔は動じなかった。


ふふふ……

ふふふふ……


嗤いが高まった。

黒閻魔の顔が人に近づく。

「お、おまえは……」

月崎同心が目を瞠った。

「住職か」

長谷川与力が身構える。

剣豪同心と鬼与力の前に立ちはだかっていたのは、むくろが見つからなかった慈国和尚だった。

五

「悪霊退散！」

浄空の神杖が動いた。

水晶玉から光が放たれる。

地獄寺の住職の慈国和尚、いや、地獄和尚の眉間(みけん)に向かって、光の矢が放たれた。

それは過(あやま)たず的中したように見えた。

だが……。

復活した和尚は動じなかった。

その背後に、仏像の光背のごとくに黒閻魔が取りついている。

「地獄の門が開くぞ」

黒閻魔を背負った地獄和尚が野太い声を発した。

「うっ」

剣豪同心は短い声を発した。

本堂の奥がにわかに明るくなり、扉のごときものが開いたのだ。

ひふみ
よいむなや
こともちろらね

悪霊祓いの宮司が一心に祝詞を唱える。

地獄和尚は嗤いをもって応えた。

「開け、地獄の門よ。劫火で江戸を焼きつくせ」

和尚でもあり黒閻魔でもある顔つきで、邪悪な者が叫んだ。

しきる
ゆゐつわぬ
そをたはくめか

浄空の祝詞の声が一瞬かき消された。

地獄寺の奥から、激しい風が吹きこんできたのだ。

魔風(まかぜ)だ。

「伏せろ、平次！」

剣豪同心が叫んだ。

「うわっ」

鬼与力がひざをつき、両手で頭を覆(おお)った。

かろうじて残っていた本堂の奥の部分が風で吹っ飛び、木(こ)っ端(ぱ)みじんになったのだ。


ふふふ……

ふふふふ……


嗤いが高まる。

月崎同心は恐る恐る顔を上げた。

そこはもうこの世ではなかった。

地獄だった。

門が後方に小さく見える。

そこまでたどり着かなければ、もう戻れない。

地獄の中は、明るかった。

闇に閉ざされてはいなかった。

あかあかと業火(ごうか)が燃えていた。

六

とりゃっ！

せいやっ！

掛け声が響いていた。

「地獄の火消しか」

剣豪同心が眉根を寄せた。

背に「獄」と染め抜かれた半纏(はんてん)をまとった者たちが、大きな赤い団扇(うちわ)で火を煽(あお)っている。そこにも「獄」の字が見えた。

「怪しの者だ」

鬼与力が表情を引き締める。

「燃やせ、燃やせ」

地獄和尚が命じた。

「へいっ」

「合点で」

地獄の火消したちが答える。

生ける者たちでないことは、ひと目で分かった。

瞳がみな白かった。

何らかの術によって生み出された生霊(いきりょう)かまぼろしのたぐいだ。

「この世にうぬらの居場所はない。早々に立ち去れ」

宮司が神杖を向けた。

「この世だと？」

黒閻魔を背負った地獄和尚が鼻で嗤った。

「ここは地獄だ」

その手が動く。

そこここで悲鳴が響いていた。

亡者(もうじゃ)が鬼どもに責められている。

その背後で業火が燃える。

魔風に乗って燃え盛る火は、いまにも地獄の門から飛び出しそうだった。

「焼け焼け、このまま江戸を焼きつくせ」

和尚の声が響く。

「封印を」

浄空はそう言うなり、神杖を動かした。

水晶玉の先から清浄な光が放たれる。

その光を受けると、地獄の業火がいくらか弱まった。

「平次、われらも」

剣豪同心が抜刀した。

「心得た」

鬼与力が続く。

神杖と二本の剣は、ほどなく同じ動きをするようになった。

声も放たれた。

「臨！」

九字だ。

「兵！」

「闘！」

「者！」

神杖と剣が動く。

「皆！」

「陣！」

「列！」

浄空と剣豪同心と鬼与力の声がそろう。

「在！」

「前！」

虚空を切り裂きながら九字を唱え終えると、地獄の業火の勢いはいくらか弱まった。

「ええい、やっちめえ」

「食らえっ」

地獄の火消したちがいっせいに襲ってきた。

瞳は白いが、手に刺股や大鎌を握っている。

「死ねっ」

初めの火消しが剣豪同心に襲いかかった。

「ぬんっ」

陽月流の遣い手の剣が一閃する。

刺股の棒の部分がたちどころに切り落とされた。

「てやっ」

返す刀で地獄の火消しを斬る。

「ぎゃっ」

一刀両断にされた火消しが悲鳴をあげた。

ただし、血は飛び散らなかった。

切り口からは、綿とも寒天ともつかないぶよぶよとしたものがはみ出してきただけだった。

「ていっ」

鬼与力も斬る。

半纏の背に「獄」と染め抜かれた怪しの者を、斬って斬って斬りまくる。

そのあいだ、浄空は一心に祝詞を唱えていた。

　高天原に神留り坐す皇が親
　神漏岐神漏美の命以ちて……

短いものではない。大祓で用いられる長い祝詞だ。

地獄和尚が操るもの、見せている光景を元から絶つべく、浄空は懸命に言葉に息吹をこめていた。

「ぐわっ」

最後の火消しが斃れた。

剣豪同心と鬼与力の動きは迅速だった。

地獄の火消しどもは、詰め物のごときものをはみ出させてことごとく地に伏した。

しかし……。

それで終わったわけではなかった。

ふふふ……

ふふふふ……

またしても嗤い声が響いた。

嗤っているのは地獄和尚でも黒閻魔でもなかった。

すべて成敗されたはずの地獄の火消しどもだった。

七

「うわっ」

月崎同心が声をあげた。

一度は斃れた地獄の火消しが、剣豪同心の足首をつかんでいた。

嗤いながら起き上がる。

その身を斬られ、さだかならぬ詰め物をはみ出させたまま、何事もなかったかのように次々に起き上がってくる。

「何だこれは」

長谷川与力もうろたえた。

無理もない。

成敗したはずの火消しどもが起き上がり、平然とまた襲ってくる。


呪われよ、呪われよ。

地獄の業火に焼かれて失せよ。


地獄和尚の声が地の底から響いてきた。


この世はすべて地獄なり。

黒閻魔が支配する地獄なり。

燃えよ、燃えよ。


その野太い声に応えて、地獄の火消しどもが動く。

「とりゃっ！」

「そりゃっ！」

掛け声を発しながら、団扇で業火を煽る。

浄空の祝詞がいったん止んだ。

「宮司！」

剣豪同心が叫んだ。

このままではいけない。

斬っても斬っても、地獄の火消しはよみがえる。

地獄和尚には黒閻魔がついている。

勝ち目は薄い。

「元を絶たねば」

鬼与力も切迫した声をあげた。

浄空は一つうなずくと、水晶玉のついた神杖を高くかざした。

浄めたまえ、祓えたまえ。

八百万の神よ。

凜とした声を放つ。

「祝詞だ、平次」

剣豪同心が言った。

「おう」

鬼与力が答える。

阿吽(あうん)の呼吸で、二人は祝詞を唱えて宮司に風を送った。

とほかみ　ゑみため
かんごんしんそん　りこんだけん
はらひたまひきよめたまへ

「燃やせ、燃やせ！　この世を地獄にしてしまえ」

地獄和尚の声がひときわ高まった。

「光よ！」

浄空が神杖をかざす。

水晶玉から稲妻が放たれた。

雷鳴が轟(とどろ)く。

初めの火消しが炎上した。

「ぎゃっ」

ひと声悲鳴を発して燃え上がる。

その焼け跡には焦げた藁(わら)のごときものが残った。

「臨！　兵！　闘！　者！」

神杖が動く。

九字を切るたびに稲妻が放たれる。

剣豪同心と鬼与力も続いた。

「皆！　陣！　列！　在！　前！」

根源を斬り、悪しきものを封印する気合で、剣で九字を切っていく。

「うわっ！」

「ぐわっ！」

地獄の火消しどもは、次々に稲妻に打たれて炎上していった。

詰め物のようなものがはみ出した体が燃える。

団扇が燃える。

半纏も燃える。
その背に染め抜かれた「獄」がことごとく燃えて見えなくなった。
だが……。
それで終わったわけではなかった。
地獄和尚は、まだ無傷でそこに立っていた。

八

「目覚めよ、黒闇魔よ！」
地獄和尚が大音声(だいおんじょう)で言った。
印を結ぶ。
両手の指があらぬほうへ曲がっていく。
常人が真似をすれば間違いなく指の骨を折る。
地獄寺の住職にしか結べない秘呪だ。
ここは地獄ぞ。

あらゆるものを焼きつくし、混沌の渦に沈めよ。

いまこそ力を振り絞れ。

黒闇魔よ！

その声に応えて、光背のごとくに張りついていたものが和尚と同化した。

顔が変容する。

体は地獄和尚だが、顔はどこから見ても黒闇魔だった。

すさまじい怒りの形相の黒闇魔が、カッと口を開いた。

「喝！」

声が放たれる。

同時に、黒闇魔の口から激しい水流がほとばしり出てきた。

「うわっ」

剣豪同心がのけぞった。

「こ、これは」

鬼与力が目を瞠る。

水流はたちまち激しい流れになった。

渦を巻く。

剣豪同心も鬼与力も、その渦に呑みこまれた。

何も見えない。

闇の中を梵字(ぼんじ)のごときものが明滅しながら流れていく。

祝詞が聞こえた。

宮司の声だ。

ひふみ
よいむなや
こともちろらね

声の源に光が見えた。

神杖の水晶玉だ。

「平次、唱和だ」

剣豪同心が言った。

「おう」

鬼与力が答える。

しきる
ゆゐつわぬ
そをたはくめか

祝詞の声がそろった。
見える、見える。
光が見える。
闇の渦の中心に光が見える。
剣豪同心は、ぐっと気を集めてその光を見た。

うおえ
にさりへて
のますあせゑほーれーけー……

長く尾を曳いて、ひふみ祓詞が終わった。

渦がゆるやかになった。

浄空の姿が見えた。

秘密の印を結び、なおも祝詞を唱える。

だが……。

その口の動きは見えるのに、声は聞こえなかった。

それもそのはず、宮司が唱える声はあまりにも甲高く、人間の耳で聞き取ることができなかった。

言葉もそうだ。

浄空がいま唱えている秘中の秘の祝詞は、人には発音できない言葉で構成されていた。

発音できない言葉を発音する。

それによって、不可能が可能になる。

しかしながら、秘中の秘の祝詞は両刃の剣だ。

唱える者の身を危うくし、死に至らしめるかもしれない。

危険極まりない祝詞だが、比自岐神社の宮司は断を下した。

いまこそ、あの祝詞を唱えるべき時だと。

××××××

××××……

聞き取ることができない祝詞が放たれる。

神杖の先端の水晶玉から、ひときわ強い光が放たれた。

いや、それはもはや光ではなかった。

悪しきものを祓う炎だった。

九

「えいっ！」

剣豪同心は剣を鋭く突き出した。

その先端に、ありうべからざるものが宿った。

炎だ。

宮司の神杖から剣豪同心の剣へ、清浄な光が移されていた。
「ていっ！」
鬼与力も続く。
その剣先にも炎が移った。
松明（たいまつ）のごとくにともった剣の炎が行く手を照らす。
闇の中に、異形（いぎょう）の姿が浮かびあがった。
顔は黒閻魔、体は地獄和尚。
異形のものの顔は怒りにゆがんでいた。
「喝！」
黒閻魔の口から火が放たれた。
虚空を奔（はし）る火を間一髪でかわすと、剣豪同心は炎の剣を振りかざした。

斬れ。
根源を斬れ。
さすれば、怪しのものは消え失せる。
地獄の門は閉ざされ、世の安寧は護（まも）られる。

剣豪同心は一刀に魂（たましい）をこめた。

「鋭（えい）っ！」

袈裟懸（けさが）けに斬る。

黒閻魔であり、地獄和尚でもある邪悪な存在を一刀両断にする。

「応（おう）っ！」

鬼与力も続いた。

二つの聖剣が一閃する。

××××××

×××××……

宮司がさらに禁断の祝詞を唱えた。

神杖の水晶玉が砕け散った。

それは無数の破片となって、黒閻魔の顔に突き刺さった。

「ぎゃあああああああああああっ！」

恐ろしい悲鳴が響きわたった。

次の刹那――。

地獄和尚の体が、ぱっと燃えあがった。

十

「宮司！」

剣豪同心が駆け寄った。

「しっかり」

鬼与力も助けの手を伸ばした。

禁断の呪文を唱え、神杖の水晶玉を犠牲にして戦った浄空は、すべての力を出し切ってがっくりとひざをついていた。

「さあ、早く」

「しっかりつかまって」

剣豪同心と鬼与力が肩を貸し、出口を目指す。

「急げ、閉まるぞ」

月崎同心が言った。

行く手の門がいまにも閉まろうとしていた。

地獄の門だ。

「もう少し」

長谷川与力が足を速めた。

業火が燃え盛る地獄では、亡者たちの悲鳴が響きつづけている。

その恐ろしい場所から、剣豪同心と鬼与力は間一髪で逃れた。

地獄の門が閉まった。

地獄寺の本堂はもう跡形もなくなっていた。

「ここまで来れば大丈夫だ」

歩を進めながら、月崎同心が言った。

「とにかく外へ」

長谷川与力がうながす。

ふっ、と一つ、浄空が息をついた。

「大丈夫ですか、宮司」

剣豪同心が問う。

「……はい」

かすれた声だが、宮司はしっかりと答えた。

寺の門を出たところで、小六が待っていた。

「旦那がた、ご無事で」

小六が駆け寄る。

「おう。どうにかな」

剣豪同心は、ようやく笑みを浮かべた。

第十一章　山かけ丼と鰻丼

一

いくらか経った。

江戸の民が初鰹に浮かれる季(とき)は過ぎ、値がだいぶ落ち着いたころ、江戸屋の膳に初めて鰹が出た。

鰹の手捏(てこ)ね寿司だ。

たれにいい塩梅(あんばい)につけた鰹の身を寿司飯に載せ、もみ海苔や炒(い)り胡麻などの薬味を散らす。仁次郎自慢のひと品だ。

「おっ、今年初めての鰹だな」

「今日来てよかったぜ」

河岸で働く男たちが笑顔で言った。

「もう食っちまったよ」

「うめえのなんの」

先に来ていた駕籠（かご）かきたちが言った。

「そりゃ楽しみだ」

「鰹はたたきじゃなくて手捏ね寿司なんだな」

後から来た客が訊（き）く。

「たたきもそのうちお出ししますが、出前には手捏ね寿司のほうがいいんで」

おかみのおはなが答えた。

「へえ、そりゃまたどうしてだい」

べつの客が問うた。

「うちのたたきは鰹の皮の下の身をあぶってとろっとさせて、あつあつのうちに召し上がっていただきてえんで」

仁次郎が厨（くりや）から言った。

「聞いただけでよだれが出るな」

「まあ、今日のとこは手捏ね寿司で」

河岸の男たちがそう言っているところへ膳が来た。

「お待ちどおさまです」

吉平が盆を運ぶ。

「鰹の手捏ね寿司膳でございます」

おはなも続いた。

具だくさんの味噌汁に卯(う)の花(はな)の小鉢がついた盛りのいい膳だ。

「おう、こりゃうまそうだ」

「さっそく食おうぜ」

次々に手が伸びた。

評判は上々だった。

「鰹のづけの加減がちょうどいいな」

「寿司飯とも合ってるぜ」

「薬味も効いてら」

箸(はし)が小気味よく動き、江戸屋のそこここで笑顔の花が咲いた。

そのうち、おすみがやってきた。

「出前、八人前お願いします」

おすみは告げた。

「はいよ。どこの出前？」

おはながたずねた。

「南町奉行所です」

おすみは笑顔で答えた。

二

はあん、ほう……

はあん、ほう……


掛け声を響かせながら、出前駕籠が進む。

「ちょっと休んでいいかしら」

後棒のおすみが途中で声をかけた。

「ああ、いいよ。どうした？」

先棒の為吉が問うた。

「少し調子が」

おすみの顔が曇った。

「無理するな。そこの角で止めるぞ」

為吉が言った。

ほどなく出前駕籠は止まった。

「次の出前からは巳之吉さんに」

おすみが言った。

「分かった。調子の悪いときは休め」

為吉が女房を気づかった。

「うん」

おすみはやっと表情をやわらげた。

ひと休みしてから南町奉行所まで出前を届けた。

鰹の手捏ね寿司膳は大好評だった。

「これはまたさわやかですな、月崎様」

「重ねて食べたくなります」

「鰹も寿司飯も深い味わいで」

ほうぼうから声がもれた。

「さすがは江戸屋の味だな」

月崎同心も満足げに言った。

「おっ、出前ですかい」

ふらりと入ってきた猫又の小六が言った。

手に刷り物を持っている。

「おう、出前の初鰹だ」

月崎同心が答えた。

「おいらも江戸屋で食ってきまさ。……こいつぁ、できたてで」

いくぶん声を落として、小六は刷り物を渡した。

かわら版だ。

「やっと載せられたな」

剣豪同心がにやりと笑った。

「宮司さんのお祓(はら)いも終わったし、これでもう差しさわりはねえんで」

かわら版づくりが本職みたいな男が言った。

「おう、食い終わったらゆっくり読むぜ」

月崎同心が言った。

「へい、なら、おいらは江戸屋へ」

小六は右手を挙げた。

三

黒閻魔(くろえんま)、封印さる
かわら版の見出しには、そう記されていた。

本文がこう続く。

渋谷村の慈国寺の正体は、恐ろしき地獄寺なりき。

かつて江戸の町に出没し、火消しになりすまして火付けをやらかしていた地獄の火消しどもは、みなこの地獄寺の手先なりき。

地獄寺の本尊は、門外不出の黒閻魔なり。

地獄の門を開き、この世を地獄と化さしめることが、地獄寺の住職、慈国和尚(おしょう)ならぬ地獄和尚の念願なりき。さてもさても恐ろしきかな。

このたび、紆余曲折ありて、地獄寺は本尊もろとも炎上焼失せり。地獄の門は固く閉ざされぬ。ありがたきかな、ありがたきかな。

とくに名は秘すが、霊力に秀でしさる宮司がこのたび地獄寺の跡地を祓ひ、悪しきものが再び現れぬやう、要石のごときものを据へたり。

これにて一件落着。江戸の安寧は護られたり。

善哉、善哉。

地獄寺で禁断の秘呪を唱え、すべての力を使い果たした浄空は、比自岐神社に戻ってしばらく静養していた。

心身が完調になるまで時はかかったが、宮司はようやく復調した。

かくなるうえは、後顧の憂えがなきように、地獄寺を全きまでに封印しておかねばならない。

剣豪同心と鬼与力は相談し、浄空に封印を依頼した。

比自岐神社の宮司は快く引き受けてくれた。神事はしめやかに催され、地獄寺の焼け跡に要石が据えられた。

これでもう大丈夫だ。地獄の門は開かない。地獄の火消しが江戸の町に現れることはない。

封印の神事は小六も見学した。かわら版に長々と仔細を記すことはできないが、その場にいたことが活かされた。

地獄寺の死闘では、早々に退散してしまったから、何も書けなかった。月崎同心から勘どころを聞きだそうと試みたが、口が堅かった。

まだ何か差しさわりがあるかもしれないし、そもそも、おのれが体験した地獄のくだりを伝えてもにわかには信じられないだろう。

月崎同心はそう考えて、小六には何も告げなかった。

そんなわけで、地獄寺と黒閻魔の話は、ようやくここでかわら版に載ったのだった。

「『これにて一件落着。江戸の安寧は護られたり』か」

かわら版の一節を読むと、月崎同心は空を見上げた。

よく晴れた空の色が目にしみるかのようだった。

四

「ていっ！」

「とりゃっ！」

自彊館（じきようかん）に掛け声が響いていた。

剣豪同心と鬼与力の稽古（けいこ）だ。

例によって、ひき肌竹刀（はだしない）を用い、気の入った稽古を行う。

「とおっ」

剣豪同心が上段から面を打つ。

「ぬんっ」

鬼与力が正しく受ける。

いくらか間合いができた。

道場主と師範代、それに門人たちが見守る。

相手が生身で、手ごたえがある。

これほどありがたいことはない。

陽月流の遣い手は改めてそう思った。

地獄での死闘はしばらく夢に出てきた。うなされて飛び起きたこともあった。

しかし……。

もう癒えた。

こうしてひき肌竹刀をまじえていると、身の芯から力が湧きあがってくる。

「てやっ」

剣豪同心はまた踏みこんだ。

「ぬんっ」

鬼与力が受ける。

またひとしきり火が出るような稽古が続いた。

汗が飛び散る。

実に気持ちのいい汗だった。

「それまで」

頃合いと見た道場主が右手を挙げた。

剣豪同心と鬼与力はひき肌竹刀を納めると、ていねいに一礼した。

五

その日の飯屋の膳の顔は、またしても鰹だった。

ただし、たたきでも手捏ね寿司でもなかった。

山かけ丼だ。

鰹の山かけは小粋（こいき）な肴（さかな）になる。もみ海苔を散らし、山葵（わさび）を添えればことのほかうまい。

酒の肴にするときは土佐（とさ）醤油を添えるが、今日は丼仕立てだ。

風味豊かなだし醤油をたっぷりかけて供される。むろん、鰹も山かけもたっぷりだ。

「山の芋（いも）は精がつくからな」

月崎同心が笑みを浮かべた。

「とろの膳はここでも食したことがありますが」

長谷川与力が箸を止めて言う。

「ああ、あれもうまい」

剣豪同心がうなずいた。

「味噌汁で伸ばしたとろろですな」

「ありゃあいくらでも胃の腑に入りまさ」

ちょうど膳を食べに来ていた松太郎と泰平が言った。

「なら、今度また」

仁次郎が厨から言った。

「おう、そりゃ楽しみだ」

月崎同心がそう言って箸を動かした。

ほどなく、閂の大五郎と猫又の小六が連れ立って入ってきた。

「比自岐神社の宮司さんがよろしゅうにと」

小六が言った。

「おう、行ってきたのか」

と、同心。

「へい、かわら版を渡しに」

小六が答えた。

「神社の名は隠されていたが」

与力が少し怪訝そうな顔つきになった。

「隠せとおれが言ったのだ。ひそかに江戸の安寧を護っている神社だからな。霊験あらたかだという評判が立ち、ほうぼうから大挙してお参りにでも来られたら宮司に迷惑がかかる」

月崎同心がそう明かした。

「なるほど。それもそうですね」

長谷川与力がうなずいた。

「そうそう、帰りに麴町を通ったら、や組の火消し衆にばったり会いましたよ」

小六が伝えた。

「火事か？」

同心が問う。

「いえ、ただの見廻りで」

小六が答えた。

「そうか。なら、いいや」

月崎同心はそう言うと、山かけ丼膳についてくるけんちん汁を啜った。

持つとずっしりと重い大ぶりの椀で、これだけで腹がふくれるというもっぱらの評判だ。

「火事はもうこりごりですからね」

地獄の業火（ごうか）からともに逃れてきた鬼与力が言った。

こちらは山かけ丼をまた胃の腑に落とす。

「や組の若い火消しさんはお達者で？」

おはながたずねた。

火事で亡くなった兄の跡を継いで火消しになった忠助のことだ。

「ああ、気張ってましたよ。いい顔つきで」

小六が笑みを浮かべた。

「兄ちゃんの分まで、いい火消しになるだろうぜ」

大五郎親分がそう言って、わしっと山かけをほおばった。

さすがに大食いの元力士で、かなりの盛りだった丼の残りがもう少なくなっている。

「江戸の町は、そういった者たちが力を合わせて護ってるんだからな」

剣豪同心が言った。

「人のつながりの町で」

鬼与力が和す。

「それが何よりで」

飯屋のおかみが笑顔で言った。

六

翌日――。

飯屋の膳は鰻丼だった。

大ぶりの丼の飯に、たれがたっぷりかかった鰻の蒲焼き（かばや）がふんだんに載っている。遠くからでもいい匂いで分かる、江戸屋自慢の料理だ。

これに肝吸い（きもす）がつく。出前でも重宝される品だ。

「やっぱり精をつけるにゃ鰻だな」

「おいらは穴子のほうが好きだけどよ」

箸を動かしながら、駕籠かきたちがさえずる。

「いや、蒲焼きは鰻だぜ。穴子は天麩羅」

「天麩羅もいいけどよ。しゃきっと揚がった一本揚げ」

客の一人が身ぶりをまじえた。

「鰻や穴子は、存外に酢の物とかもうめえんだ」

「そりゃ、酒の肴だな」

「蒲焼きだったら、秋刀魚（さんま）とかもうめえぜ」

そこここでそんな話が出ているとき、巳之吉が入ってきた。

「出前、四人前頼むわ」

古参の駕籠かきはそう言うと、土間の隅にやや大儀そうに腰を下ろした。

「今日はおやっさんが出前駕籠かい」

若い駕籠かきが問うた。

「おすみの具合が良くねえみてえで、年寄りの出番なんだが、もう次で無理だな」

巳之吉は腰をさすった。

「あんまり無理しねえでくだせえ」

「途中でこけられたら困るから」

駕籠かきたちが言う。

「おう、為吉にゆっくり頼むって言ってあるから」

巳之吉は苦笑いを浮かべた。

「心配ね、おすみちゃん。どうしたのかしら」

おはなが案じた。

「医者へ行くって言ってたぜ」

巳之吉が答えた。

「こりゃ、おいらたちにも出前駕籠の番が回ってくるかもしれねえな」

「なら、なおさら精をつけとかねえと」

駕籠かきたちの箸がまた小気味よく動いた。

そこへ、あわただしく入ってきた男がいた。

駕籠屋のあるじの甚太郎だった。

「おや、どうしたんです？」

おはなが気づいてたずねた。

「真っ先に知らせようと思ってな」

甚太郎は答えた。

その顔には笑みが浮かんでいた。

「いい知らせですか？」

おはながさらに問うた。

甚太郎はひと呼吸置いてから答えた。

「おすみがややこを身ごもったんだ」

七

朗報に飯屋がわいた。

「そりゃあ、めでてえな、兄ちゃん」

仁次郎が厨から出てきて言った。

「おう、ありがとよ。おふさがそうじゃねえかと思ったらしく、医者に診(み)てもらったら案の定で」

甚太郎が笑顔で答えた。

「おめでとうさんで」

「こんなめでてえことはねえや」

駕籠かきたちが言う。

「そうすると、ずっとおいらが出前ですかい？」

巳之吉があいまいな顔つきで訊いた。

「いや、そんな無理な頼みはしねえや。ちゃんと思案してるから」

駕籠屋のあるじが答えた。

「おっ、亭主が来たぜ」

「笑ってやがら」

駕籠かきたちが指さした。

満面の笑みで、為吉が飯屋へやってきた。

「おっ、めでてえな」

「おめえもとうとうおとっつぁんか」

「女房をいたわってやりな」

仲間から声が飛んだ。

「ありがてえこって、へへへ」

心底嬉(うれ)しそうな顔つきで、為吉が言った。

「はい、出前の鰻丼と肝吸い、四人前上がりました」

厨から吉平が言った。

「そこまでは頼むわ。松太郎と泰平の駕籠が戻ってきたら、どっちかに助っ人を頼むから」

甚太郎が巳之吉に言った。

「承知で。なら、老骨に鞭打って」

巳之吉が腰をぽんと一つたたいて立ち上がった。

「頼んます。ゆっくり行きますんで」

為吉が言った。

「気張っていきな」

「めでてえかぎりで」

仲間に見送られて、ほどなく為吉と巳之吉の出前駕籠が出立した。

八

「これからはしばらく動かないようにしないとね」

おふさが言った。

「先生と産婆さんからもそう言われたから」

駕籠屋の奥の部屋で、おすみが答えた。

「幸庵先生の言うことを聞いて、身の養いになるものを食ってりゃ大丈夫だ」

飯屋から戻ってきた甚太郎が言った。

真庭幸庵は産科の専門ではなく、本道（内科）の医者だが、その診立てはいたって正確だというもっぱらの評判だった。この界隈に住む者はみな大いに信を置いている。

「おそまさんも腕のいい産婆さんだからね」

おふさが笑みを浮かべる。

「うん。診ていただいてほっとした」

おすみが帯に手をやった。

「しばらくは帳場の稽古だな」

甚太郎が言った。

「うーん、仕方ないわね」

おすみはいくらかあいまいな顔つきで答えた。

「そりゃ、あんたは出前駕籠を担いでるほうが性に合ってるでしょうけど、そういうわけにはいかないからね」

おふさが言う。

「うん、分かってる」

おすみがうなずいた。

ややあって、松太郎と泰平の駕籠が戻ってきた。

おすみの身ごもりが分かったことを知り、どちらも満面の笑顔になった。

「それで、出前駕籠の相棒の件だが、ずっと巳之吉にやらせるわけにはいかねえ。なにぶん歳だからな」

甚太郎がそう切り出した。

「なら、妹の代わりだから、おいらが」

跡取り息子の松太郎が右手を挙げた。

「なかにはおいらと松太郎の駕籠じゃねえとという大店(おおだな)のお客さんもいますが」

泰平が言った。

「そのときは控えの巳之吉の出番だな」

甚太郎がすぐさま言った。

「ああ、なるほど」

泰平がうなずいた。

「頼むわね、お兄ちゃん」

おすみが言った。

「おう、任せとけ」

松太郎が力こぶをつくった。

九

為吉と巳之吉の出前駕籠が戻ってきた。

「ご苦労さん」

甚太郎が労をねぎらう。

「ああ、疲れた」

巳之吉が大儀そうに言った。

「あとはおいらがやるんで」

松太郎が白い歯を見せた。

「おう、頼むわ」

古参の駕籠かきが渋く笑った。

「湯屋へでも行って、ゆっくりしてくれ」

甚太郎が言った。

「へい、そうしまさ。なら、お先に」

巳之吉が軽く右手を挙げた。

「ご苦労さまでございます」

おすみが声をかけた。

「お疲れさまで」

為吉もいい声を響かせた。

巳之吉が上がりになり、松太郎と為吉が出前駕籠の「待ち」になった。

「おすみにややこができたことだし、次はおめえの番だな、松」

甚太郎が跡取り息子に言った。

「えっ、何のことで？」

松太郎がとぼけて耳に手をやる。

「どこぞの娘さんとお汁粉を呑んでたって話を聞いたけど」

おすみが笑みを浮かべた。

「へえ、いい人がいるの？」

おふさが身を乗り出す。

「いや、まあ、そのうちに」

まんざらでもなさそうな顔つきで、松太郎が答えた。

「そりゃあ、楽しみで」

義理の弟の為吉が笑顔で言う。

「まあ、あんまり望みを持ちすぎずに待ってら」

甚太郎が言った。

それからほどなく、出前駕籠の注文が入った。

日本橋の呉服問屋まで五人前だ。

「よし、ここから出前駕籠担ぎだ」

松太郎が帯をたたいて立ち上がった。

「気張って行きましょう」

為吉が気の入った顔つきで答えた。

はあん、ほう……

はあん、ほう……

十

先棒と後棒が調子を合わせて進んでいく。

先棒が為吉、後棒はおすみの代わりの松太郎だ。

「もうちょっと急ぎますかい」

為吉が問うた。

「いや、近場だからこんな調子で」

松太郎が答えた。

「へい、承知で」

為吉が答えた。

出前駕籠は日本橋の呉服問屋に着いた。

すぐ食べるから、待機していてくれということだった。器だけ下げにまた来るのは二度手間だからありがたい話だ。

待っているあいだ、為吉はさきほどの話を蒸し返した。

どうやら跡取り息子の松太郎には女房になるかもしれない娘がいるようだ。

「どこの娘さんです？」

為吉が訊いた。

「通一丁目の醬油酢問屋の山崎屋で」

松太郎が答えた。

「えっ、そりゃ大店じゃないですか。玉の輿みてえなもんで」

為吉の顔に驚きの色が浮かんだ。

「いや、跡取り娘ならともかく、末っ子だから」

松太郎が少しあわてて言った。

「それでも、大店の娘さんに変わりはねえでしょう。いったいどんな縁で？」

為吉は身を乗り出した。

「往来で足をくじいて難儀してるときにおいらが通りかかって、おぶって見世まで運んでやったんで」

松太郎が身ぶりをまじえた。

「へえ、いい縁で」

為吉が笑みを浮かべた。

「おめえとおすみのあいだに子ができたし、その勢いに乗ってもうひと押しやってみるかな」

松太郎は腕まくりをした。

「そりゃあ、ぜひ」

為吉はいい表情で答えた。

十一

はあん、ほう……

はあん、ほう……

帰りの出前駕籠は空の器だけだ。

足取りは軽い。

しばらく進んだところで、向こうから見知った顔がやってきた。

猫又の小六だ。

「おや、聞いてますかい？」

松太郎が声をかけた。

「いや、何かあったのか？」

小六がやや怪訝そうに問うた。

「おすみがややこを身ごもったんで」

松太郎が答えた。

「へえ、そうかい。なら、おめえさんはおとっつぁんか？」

小六は為吉を指さした。

「おかげさんで、へへへ」

また笑みがこぼれる。

「そりゃめでてえや」

小六は両手をぱちんと打ち合わせた。

唯一の得意技の猫だましのようだ。

「もう一つめでてえことが……」

為吉は松太郎を見た。

「いや、そりゃまだ早いんで」

松太郎があわてて言った。

「何だ、もう一つめでてえことって」

小六が訊く。

「いやいや、まあそのうちに」

松太郎は笑ってごまかした。

「とにかく、奉行所へ伝えてくらあ。飯屋に寄ってから」

小六が言った。

「今日の膳は鰻丼と肝吸いで」

為吉が教える。

「そりゃ食わねえとな」

小六は笑顔で答えた。

終　章　おめでた続き

一

月崎同心がやってきたのは、翌日の昼下がりだった。

「おっ、めでてえな」

出迎えたおふさに声をかける。

「その話で持ち切りで。奥にいますので」

駕籠屋のおかみが身ぶりをまじえた。

「おう」

月崎同心は奥へ進んだ。

奥の部屋にはあるじの甚太郎とおすみがいた。

「小六から聞いたぜ」

剣豪同心が笑みを浮かべた。

「おかげさんで」

切絵図に山吹色の駒を置いて、江戸屋の駕籠がいまどういう動きをしているか頭に入れていた甚太郎が答えた。

「じっとしてるのは退屈で」

おすみが苦笑いを浮かべた。

「そりゃ、しょうがねえぜ。いまがいちばん大事なときだからよ」

月崎同心が白い歯を見せた。

「ああ、分かってます」

おすみは帯に手をやった。

「亭主はつとめかい？」

同心が訊いた。

「いま兄ちゃんと一緒に出前に行ってるので、そろそろ戻ると思います」

おすみが答えた。

「松太郎が代わりか」

月崎同心は甚太郎を見た。

「控えの巳之吉もいるので、ここぞというときだけ泰平と組ませるつもりで」

甚太郎は告げた。

「そうかい。今日の膳は何だ？」

今度はおすみに訊いた。

「深川丼です。もうさっき一杯目を食べてきたところで」

おすみは答えた。

「その口ぶりだと、五杯くらいは食いそうだな」

月崎同心は笑って言った。

「三杯くらいなら」

おすみが指を三つ立てたから、江戸屋に和気が満ちた。

「なら、おれも飯屋で食ってこよう」

剣豪同心は軽く右手を挙げた。

二

「あっ、旦那（だんな）。ご苦労さまでございます」

飯屋にいた泰平が箸を止めて頭を下げた。

「おう、うまそうだな」

月崎同心が猫のみやをひょいとどかして座った。

「いまお運びしますので」

おかみのおはながいい声を響かせた。

深川丼が来た。

椀は浅蜊汁だから浅蜊づくしだ。深川丼はたっぷりの玉子でとじ、三つ葉を散らしてある。

「彩り豊かで、食べでがあって、身の養いになる。言うことなしだな」

いくらか食すなり、月崎同心が満足げに言った。

「おすみちゃんの身の養いにもなるだろうと」

おはなが言った。

「そうだな。こういう飯を毎日食ってりゃ、きっといい子が生まれるだろう」

月崎同心はそう言ってまた箸を動かした。

ほどなく、為吉と松太郎が姿を現した。

「もう次の出前かい？」

仁次郎がたずねる。

「いや、待ちなんで、旦那にあいさつをと」

為吉が答えた。

「良かったな、為吉」

同心が笑顔で言った。

「おかげさんで、えへへへ」

為吉は今日も恵比須顔だ。

「ずっとにやついてるんでさ」

松太郎が少しにやけたように言った。

「そう言うおめえさんにもいい娘ができたって聞いたぜ」

仁次郎が厨から言った。

「ほう。そりゃ初耳だな」

月崎同心はそう言うと、残りの深川丼を胃の腑に落とした。

「いやいや、そのうちいい知らせができるかと」

手ごたえありという顔つきで、松太郎が答えた。

「楽しみにしてるぜ」

泰平が言う。

「おう」

江戸屋の跡取り息子がいなせに手を挙げた。

三

それから、三日後――。

真庭幸庵が江戸屋へ往診に来た。

おすみの具合が悪くなったわけではない。江戸屋の膳が気に入ったらしく、飯屋に寄ってから診察に立ち寄ってくれたのだ。

「食欲はありますか？」

総髪の医者が温顔で問うた。

「ええ。同じものばかり食べたくなって」

おすみはおなかにちらりと手をやった。

「どういうものでしょう」

触診をしながら、幸庵がたずねた。

「甘藷(かんしょ)の天麩羅を無性に食べたくなって」

ややあいまいな顔つきで、おすみは答えた。

「昨日なんか、山盛りを届けてもらったんですよ」

おふさが笑みを浮かべて告げた。

「さようですか。甘藷は土の下で育ちますから、身の養いになります」

幸庵は柔和な表情で答えた。

「でも、同じものばかり食べて大丈夫でしょうか」

おすみがたずねた。

「甘藷の天麩羅なら大丈夫でしょう。たまに箸休めに青菜や魚なども召し上がるようにすれば、なおよろしいかと」

医者は答えた。

「承知しました。ほかのものも食べるようにします」

おすみは笑みを浮かべた。

ここで松太郎が入ってきた。

何か用事があったらしく、今日の出前駕籠はここまで為吉と巳之吉が担いでいた。そろそろ巳之吉と交代する頃合いだ。

「ああ、お帰り」

おふさが声をかけた。

「決めてきたぜ、おっかさん」

松太郎が笑顔で言った。

「何をだい」

おふさが問う。

「ひょっとして、山崎屋さん？」

おすみが感づいてたずねた。

「おう。嫁取りを決めてきた」

江戸屋の跡取り息子は晴れやかな表情で答えた。

四

松太郎の嫁になるのは、通一丁目の醤油酢問屋、山崎屋の四女のおいとだった。

山崎屋伊兵衛（いへえ）といえば、醤油酢問屋の番付にも載っている大店（おおだな）だ。江戸屋と釣り合いが取れているとは言えないが、向こうは四人姉妹の末っ子で、ほかに兄も二人いる。山崎屋に残らねばならない理由は何もない。

それに、身代は大きくないとはいえ、江戸屋の甚太郎の評判は山崎屋伊兵衛にも届いていた。そんなわけで、存外にすんなりと許しが出たようだ。

「それはそれは、おめでたく存じます」

幸庵が祝福した。

おふさから知らせを聞いて、飯屋にいた甚太郎が急いで戻ってきた。

「おう、許しが出たのか」

甚太郎は松太郎に問うた。

「へい。ありがてえこって」

松太郎は両手を合わせた。

「盆と正月がいっぺんに来たかのようですね」

往診に来た医者が帰り支度を整えて言った。

「ありがたく存じます。またよろしゅうに」

おふさがていねいに頭を下げた。

医者を見送ったあと、飯屋の面々が次々に祝福に訪れた。

「おう、良かったな」

仁次郎が笑顔で言った。

「おかげさんで。明日、出前を六人前お願いしますよ」

松太郎が伝えた。

「山崎屋さんね」

と、おはな。

「おすみが甘藷の天麩羅ばっかり食べてるっていう話をしたら、天丼がいいかなと」

松太郎が言った。

「勝手に言わないでよ」

と、おすみ。

「いや、みな喜んで聞いてたから」

松太郎が甘藷に笑みを浮かべた。

「なら、甘藷に海老に穴子、具だくさんの天丼とけんちん汁にしよう」

仁次郎が両手を軽く打ち合わせた。

こうして、早くも明日の飯屋の膳が決まった。

五

はあん、ほう……

はあん、ほう……


先棒と後棒の声がそろう。

出前駕籠だ。

「大役が終わってほっとしたぜ」

松太郎が言った。

「膳も好評でよかったですね」

為吉が笑みを浮かべた。

天丼は大好評だった。

海老と穴子もさることながら、おすみが好んで食べている甘藷の天麩羅の評判がよかった。火が通るまで時はかかるが、じっくりと焦げ目がつくまで揚げた甘藷の天麩羅はほくほくしていてことのほかうまい。

「うちの天井はたれもたっぷりだからよ」

松太郎が言う。

「まあ、でも、器量よしの娘さんで」

おいとの顔を見てきた為吉が笑顔で言った。

「器量ばかりか、気立てもいいんだ」

と、松太郎。

「へへ、のろけですかい」

為吉が笑う。

「まあな」

松太郎は上機嫌で答えた。

「山崎屋さんへは、これからしょっちゅう出前ですな」

為吉が言った。

「おすみが子を産んでしばらく経ったら、またやってもらうから」

松太郎が言う。

「産後の養生(ようじょう)してからだから、だいぶかかりますぜ」

と、為吉。

「そりゃ、無理はさせられねえから」

「様子を見ながらっすね」

「そうだな」

そんな話をしながら、出前駕籠が戻ってきた。

自彊館（じきょうかん）の前を通る。


ていっ！

とりゃっ！


掛け声が外に響いてきた。

「ご両人ですな」

為吉が言った。

「剣豪同心と鬼与力か」

松太郎が笑みを浮かべた。

ほどなく、出前駕籠は江戸屋に戻った。

六

「それまでっ」

道場主が右手を挙げた。

剣豪同心と鬼与力は、しばし残心をしてからひき肌竹刀を納めた。

汗が飛び散る、気合の入った稽古が終わった。

師範代の二ツ木伝三郎がふっと一つ息をつく。

稽古を終えた二人は柄杓で水を呑んだ。

「このあとは、水ならざるものだな」

月崎同心が笑みを浮かべた。

「望むところで」

長谷川与力が答える。

水ならざるものとは、むろん江戸屋で呑む酒のことだ。

「今日は祝いだからな。このところ、めでたい知らせ続きだ」

剣豪同心は白い歯を見せた。

「こちらはしばらく大変です」

鬼与力がいくらかあいまいな顔つきで答えた。

「それはやむをえまい。落ち着いたら、また稽古をしようぞ」

同心が言った。

「それも望むところで」

与力がすぐさま答えた。

自彊館を出た二人は飯屋に向かった。

「いらっしゃいまし」

おはながいい声を響かせる。

「いい匂いだな。天丼か？」

ほかの客が食しているものをちらりと見て、月崎同心が問うた。

「はい、けんちん汁もついてます」

おはなが笑顔で答えた。

「なら、今日は平次の祝いだから、酒と……鯛の刺身はできるか」

剣豪同心が所望した。

「できますよ。何の祝いで？」

仁次郎が厨からたずねた。

剣豪同心は、鬼与力のほうを手で示してから答えた。

「平次が火盗改方の長官になることに決まったんだ」

七

火付盗賊改方の長官は脚気(かっけ)でしばらく療養していたが、本復は難しいと判断し、自ら身を引くことに決めた。

その後任として、長谷川与力に白羽の矢が立った。

図らずも、遠縁に当たる長谷川平蔵の跡を襲うかたちになる。

「そりゃあ、おめでたく存じます」

仁次郎が笑顔で頭を下げた。

「おめでたく存じます」

おはなも和す。

「めでてえこって」

「今日は祝いですな」

膳を食べていた駕籠かきたちも祝福した。

「鬼与力から鬼長官にご昇進で」

「旦那も同心からお奉行に昇進されては？」

駕籠かきの一人が軽く言った。

「そりゃ無理筋もいいとこだ」

剣豪同心が苦笑いを浮かべたとき、膳と酒が来た。

「お奉行は無理でも、与力様あたりなら。……お待たせしました」

おはなが膳を置く。

「それもそう簡単にはいかねえや」

月崎同心は苦笑いを浮かべた。

「剣豪同心と鬼与力から、剣豪与力と鬼長官。こりゃあ出世ですぜ」

仁次郎が言った。

「おいら、駕籠屋に知らせてきまさ」

膳を食べ終えた駕籠かきがそう言って腰を上げた。

「出世かもしれぬが、火盗改方の長官はおのれの屋敷を役宅にせねばならぬから、いろいろと段取りがあってな」

長谷川与力が言った。

「それもまた楽し、だ」

月崎同心はそう言って酒をついだ。

膳に続いて、鯛の姿盛りもできた。さすがの早業だ。

「天丼も鯛もうめえな」

剣豪同心が満足げに言った。

「さすがは江戸屋で」

鬼与力がうなずく。

ややあって、駕籠屋から甚太郎がやってきた。

そればかりではない。

松太郎と為吉とおすみの姿もあった。

八

「おめでた続きのみながそろったな」

剣豪同心がそう言って、うまそうに猪口(ちょこ)の酒を呑み干した。

「このたびは、おめでとうさんで」

甚太郎が長谷川与力に言った。

「いや、まだ話が決まっただけゆえ」

鬼与力は渋く笑った。

「その後、具合はどうだ」

月崎同心がおすみに声をかけた。

「おかげさまで、大丈夫そうです」

おすみは帯に軽く手をやった。

「相変わらず、甘藷の天麩羅ばかり食ってますけど」

為吉が笑う。

「おめえの祝言(しゅうげん)のほうはどうだ」

今度は松太郎にたずねた。

「まあ、急ぐことはないんで」

松太郎が答えた。

「そのあたりは、山崎屋さんと相談して、じっくり決めようかと」

甚太郎が言った。

「飯屋でよけりゃ、うちを貸し切りでやらせてもらうんで」

仁次郎が乗り気で言った。

「それは楽しみで」

おはなが笑顔で言った。

膳を平らげ、鯛の姿盛りを肴に酒を呑み終えた剣豪同心は、鬼与力とともに飯屋を出た。

「次の稽古はいつになるか分からぬな」

剣豪同心が言った。

「役宅の支度が整うまでは、いろいろとやることがありますので」

鬼与力が残念そうに答えた。

「まあ、のちの楽しみにしておこう。師範代とも稽古はできるしな」

剣豪同心は笑みを浮かべた。

「またいずれ、いい汗をかきましょうぞ」

鬼長官になる男が笑みを返した。

「おう」

剣豪同心が右手を挙げた。


長谷川与力と別れた月崎同心は、見廻りがてら南町奉行所へ戻ることにした。

「おめでた続き、か。良いことだ」

そう独りごちる。

途中で閂(かんぬき)の大五郎に出会った。

「江戸屋へ寄ってきた」

月崎同心は告げた。

「そうですかい。今日の膳は何です？」

大五郎親分が問う。

「天丼とけんちん汁だ。うまかったぞ」

剣豪同心は笑顔で答えた。

「そりゃ食わなきゃ。なら、さっそく行ってきまさ」

十手(じって)持ちが笑みを返した。

「おう、行ってやれ」

月崎同心が身ぶりをまじえた。

いくらか歩いたところで、剣豪同心は足を止め、ふと空を見上げた。
鳥が二、三羽、優雅に舞っている。
江戸の空は抜けるように青く、一点の曇りもなかった。
剣豪同心は、しばしその目にしみるような空をながめていた。

【参考文献一覧】

『一流料理長の和食宝典』（世界文化社）
田中博敏『お通し前菜便利集』（柴田書店）
田中博敏『旬ごはんとごはんがわり』（柴田書店）
『一流板前が手ほどきする人気の日本料理』（世界文化社）
『人気の日本料理2　一流板前が手ほどきする春夏秋冬の日本料理』（世界文化社）
野﨑洋光『和のおかず決定版』（世界文化社）
藤井恵『藤井恵さんの体にいい和食ごはん』（学研プラス）
畑耕一郎『プロのためのわかりやすい日本料理』（柴田書店）
『復元・江戸情報地図』（朝日新聞社）
西山松之助編『江戸町人の研究　第三巻』（吉川弘文館）
ウェブサイト「開運招福ウェブ」

コスミック・時代文庫

人情めし江戸屋
地獄の火消し

2022年11月25日　初版発行

【著者】
倉阪鬼一郎

【発行者】
相澤　晃

【発行】
株式会社コスミック出版
〒154-0002 東京都世田谷区下馬 6-15-4
代表　TEL.03(5432)7081
営業　TEL.03(5432)7084
FAX.03(5432)7088
編集　TEL.03(5432)7086
FAX.03(5432)7090

【ホームページ】
http://www.cosmicpub.com/

【振替口座】
00110-8-611382

【印刷／製本】
中央精版印刷株式会社

ISBN978-4-7747-6429-0 C0193